人 文 中 大 書 系 ⑥

百花川的故事

國立中央大學人文藝術中心　編印

李　瑞　騰　·　主　編

百花川舊景。（中央大學66級畢業紀念冊）　　百花川舊景。（中央大學74級畢業紀念冊）

百花川舊景。（82學年畢業紀念冊）

百花川及木棧道（文學步道前身）。（陳文龍攝）

百花川從宵夜街附近流入校園。（梁俊輝攝）　　百花川與涼亭。（梁俊輝攝）

百花川流經荷花池畔。
（梁俊輝攝）

百花川流經中正圖書館西側。
（梁俊輝攝）

中正圖書館對岸為教學研究綜合大樓
暨大講堂。（梁俊輝攝）

百花川文學步道南端。（梁俊輝攝）

百花川文學步道北端。（梁俊輝攝）

新民之道。（陳文龍攝）

經太極銅雕草坪，百花川流至小木屋鬆餅旁。其右方白色建築為國鼎圖書資料館，後
方隱約可見的紅色建築為管二館。（梁俊輝攝）

百花川流經管二館旁，其對岸（右側）紅褐色建築為鴻經館。
（梁俊輝攝）

經管二館後，川流來到轉彎
處，流向科五館後方。（梁俊
輝攝）

經科五館，百花川流出校園，
通往豫章湖。（梁俊輝攝）

由百花川分岔的渠水，經
鴻經館前方庭院、科三館
前方，流至中大湖。
（梁俊輝攝）

渠水流入中大湖。
（鄧曉婷攝）

中大湖，圖中對面紅褐色建築為客家學院大樓；右側為健雄館。（梁俊輝攝）

| 序 |

細水緩流中浮動的光影

周景揚 國立中央大學校長

　　2013年2月，我來到中大服務，就住在學校裡面，經常行走於校園，或從東邊向西行去，或沿環校公路散步，總會經過由南向北貫穿校園的百花川，有時就停下腳步，看細水緩流中浮動的光影。

　　今年適逢中大在臺復校一甲子，從苗栗北遷中壢已逾半世紀，早期校友返校，常談起初時校舍未成、借臺大、壢中上課的艱苦歲月，以及今日遍植蒼松的美麗校園，當年每逢雨季滿地泥濘紅土之荒涼，不免也懷想尚未成為百花川的這溝渠。流水無言，惟見證著兩岸流域逐次生長的花木扶疏。

　　選擇在這樣一個值得紀念的時刻，我們成立了一個功能性的校級行政單位──人文藝術中心，將原人文研究中心和藝文中心整合起來，同時納編崑曲博物館，希望用行政力量來推動校園人文藝術活動。整合的用意旨在凝聚

資源和力量，以面對我們所共有的學習與生活空間，最終乃在於整體校園人文素養的提升，擴大且深化我們的人文關懷。

《百花川的故事》是人文藝術中心成立以來出版的第一本書，亦編入「人文中大書系」。初聞有這樣一個編寫計畫的時候，頗為驚喜，也充滿期待，但這故事怎麼說呢？看了書稿，從溯源到概覽，知道這川源自石門水庫、石門大圳、過嶺支渠、內厝子分渠，進了中大校園，因緣而成百花川的故事。這條水路，何啻中大一景，它情牽整個桃園，中大之不能絕緣於地方，正在於此。而從其兩岸及三大流域看來，因空間景象而連結了校園人文，竟也緊繫遷校中壢以來的輝煌校史。

我確信，人文藝術中心還可以做更多的事、出版更有意義的書，如配合今年校慶，崑曲博物館和藝文中心合辦浮世繪展；如去年舉辦的挺進南北極活動，將出版圖文專書等等。我期許人文藝術中心抓緊校務發展計畫之人文主軸，落實計畫，深耕校園。

目次		
12	**序**	周景揚
	溯源	
18	**源遠流長**	李力庸・王豫邦
	概覽	
34	**寫在川上：**	
	百花川的情感記憶	李欣倫
	左右二路	
52	**自在來去：**	
	新民之道和百花川松林步道	郭惠珍

三大流域

74　　**流域一：**

　　　從宵夜街說起　　　　　　　　　　康　珮

94　　**流域二：**

　　　以舊圖為中心　　　　　　羅健祐・林佳樺

120　**流域三：**

　　　國之鼎　　　　　　　　　林佳樺・林育萱

140　**附錄：百花川詩文選**

188　**編後記**　　　　　　　　　　　　李瑞騰

溯源

從中央大學後門走出，穿過民族路雙連一段，

沿著川流於過嶺支渠休憩步道上漫步，

走至盡頭便可看見石門農田水利會過嶺支渠攔河堰，

而攔河堰的後方即老街溪，

如此不但能夠欣賞沿途風光，也能夠強身健體，

若反向而行之，便是一條「來中大」的另類遊憩路線。

源遠流長

李力庸 ／國立中央大學歷史研究所教授
王豫邦 ／國立中央大學歷史所碩士生

（江雅慧繪）

前言

　　中央大學在臺復校，選址中壢雙連坡，戴運軌校長在《八十回憶錄》曾提及，地處山坡，創校初期，前山無路可通，後山是泥土小路，僅靠一條農田水利會所建的渠道作為聯外道路。這條渠道名為內厝子分渠。在校園內，水面上時常漂流花瓣，兩旁也種植許多花草，因而有「百花川」的美名，同時也是中大校園十景之一。

　　若要追溯百花川的源頭，便是從大漢溪水匯聚於石門水庫，透過石門大圳，流經過嶺支渠，於中大後門清泉街附近，岔出內厝子分渠，自宵夜街附近流入，貫穿校園，於科五館處離開後，一路往北，最終流入豫章湖。

桃園大圳

　　日本時代的大正5年（1916），臺灣總督府派遣八田與一進入桃園山區進行調查與測量，並規劃出可灌溉22,000甲水田的桃園大圳工程。此工程引水自大嵙崁溪（今大漢溪），在上游的石門

桃園大圳廣豐出水口（八德介壽路旁）。（鄧曉婷攝）

建築取水口，再建導水路、幹線、12條支線與6條分線輸水，同時
也考量到從上游取水過多而影響下游灌溉，因此也設計成利用陂塘
調節水源，重新將桃園大圳之水路與陂塘、蓄水池等串連成一個灌
溉網絡。[1] 桃園大圳的工程可分為兩個部份，一為官設埤圳，另一
個為水利組合，最終皆在昭和3年（1928年）全部完工，總共歷時
12年。其灌溉的範圍包含桃園、大溪、八德、中壢、新屋、觀音、
楊梅、蘆竹、大園等地，解決了大部分地區長期以來的缺水問題。
桃園大圳帶來了諸多改變，首先是旱地水田化，大園、觀音等地勢
較低的沿海地區水田大幅增加，再加上蓬萊米的產生，也使許多茶
園逐漸轉型成稻田；其次是土地的價值提高，水田化後，農民可依
照市場價格來選擇種植的作物，農產價值也因此提升；第三，聚落
的功能增強，水圳帶動了當地農業的發展，而農業則影響了街庄功
能，隨著糧食作物商品化，促使農業村落轉變成為具有商業機能的
聚落，經濟分工開始分明，傳統市場的功能擴大，農民不但可在市
場購足生活所需，也能獲取農業用具。

　　桃園大圳雖為當地農業的一座里程碑，隨著灌溉區的拓展，許
多旱地開始水田化，也大大增加了作物的收成。不過仍有灌溉不及
的地方，在桃園大圳第2、4、8支線的下游，就因流域過長又缺乏
回歸水補注，若遭逢旱季就會有給水不足的問題；第9至12支線位
居水尾，海濱地質又多砂，也造成灌溉水含砂量過大的困境，另
外，在大嵙崁溪左岸的桃園臺地，地勢較高，大圳的水無法流經至
此，[2] 尚有許多可利用的土地因無水灌溉而閒置。昭和4年（1929
年）總督府曾頒布「昭和水利事業計畫」，計畫在石門崖口建置一
個高壩，以解決上述灌溉地區的問題，同時也供防洪與發電的功

能，但礙於當時的技術尚無法達成設計的高度，且預估的經費龐大，因此這個計畫也就無疾而終。

石門水庫

1946、1947年，桃園、新竹連逢旱災，作物僅有二成收穫，當時農民依靠借貸度日，十分艱苦。而在石門水庫動工的前兩年，乾旱再次襲來，此次的災情更為嚴重，不僅二期耕作無法進行，甚

石門水庫，大漢溪水匯集處。（鄧曉婷攝）

至出現民生飲水匱乏的狀況，可見桃園大圳仍不足以支撐該地的用水。在那之後，水利局持續探勘石門，尋找建造水庫的可能性。戰後初期財政窘迫，政府對於水利事業的處理原則為修復日治時期的水利設施並維持防洪與灌溉，而興建大壩所需要的經費太大，會阻礙其他建設，當時的規劃是待反攻大陸後再行地方興建，石門水庫建設一事也就因此暫時擱置。[3]

為了推動石門水庫的建設，可說是集結了政府與民間的力量。桃園與新竹地方政府合作，並招攬了政治界、學術界的有力人士，增加石門水庫一案的曝光率與各界支持，且學者專家的加入，讓水

石門大橋上可看到溢洪道與後池。（鄧曉婷攝）

庫開發的目標更加多元，由灌溉功能擴大至防洪、發電與水運等，也將臺北的防洪問題納入考量，提高建設價值。多次陳情，加上陳誠副總統大力推動，1954年5月成立「石門水庫設計委員會」，正式由政府接手設計工作。經過多方準備，1956年成立「石門水庫建設委員會」，著手興建工程，並於1956年7月7日開始動工。

　　建設過程相當艱辛，歷時8年，參與建設的人員高達7000人，花費約新台幣32億元，石門水庫終於在1964年6月14日竣工。水庫建設完畢之後，具有灌溉、發電、給水、防洪、觀光等效益。大壩的設立為桃園地區注入一股活水，改善了當地的生活，高聳入天的大壩象徵了國家的力量，也刻印著官民共同努力的痕跡。位於水庫溢洪道下游右岸，曾號稱是亞洲第一座大型機械式遊樂園的亞洲樂園，是桃園人曾經的記憶，如今已重新規劃成南苑生態園區，園區旁有石門水庫落成紀念碑，由主任委員蔣夢麟先生親撰碑文，記錄興建水庫的經過。立在環湖步道的殉職員工紀念碑，供後人憑弔追思。

石門大圳

　　石門水庫的建立，緩解了桃園的用水問題，使旱地變成水田，茶園轉型為稻作。為了補足桃園大圳無法供水高地的缺點，也同時開鑿了石門大圳，大圳於1956年7月開工，1964年6月完工，自此，石門水庫的灌溉網絡也就分作桃園大圳與石門大圳兩條路線。桃園大圳灌溉海拔約110公尺以下的田地，灌溉區域為八德、桃園、蘆竹、中壢、楊梅、新屋、觀音、大園等較低海拔的近海鄉

鎮。石門大圳則灌溉海拔110公尺到250公尺左右之間的田地，灌溉區域為龍潭、平鎮、楊梅、湖口等較高海拔的內陸鄉鎮。水利設施的興建，讓可耕地的數量漸漸增加，政府便開始進行農地重劃，使得每塊耕地皆可得到灌溉、排水以及臨路，將不整齊的農地重整，以改善農地的生產，便利機械化作業。[4]

石門大圳的取水口位於桃園大圳上方，主幹線全長27餘公里，由上而下，有員樹林支渠、社子支渠、東勢支渠、中壢支渠、過嶺支渠、南勢支渠、環頂支渠、繞嶺支渠、湖口支渠等多條支渠引灌所轄灌區。一共有七個工作站，分別為下轄幹線、八德、中壢、過嶺、楊梅、富岡、湖口，其灌溉區約涵蓋了桃園市南部以及新竹縣北部，該區域中包含了幾條較大的河川，如南崁溪、茄苳溪、新街溪、老街溪、大堀溪、社子溪等，故可借自然之力達到水利調節的功效，無須增設人工排水系統。比較特別的是，石門大圳所流經的區域為較高的坡地，須設置抽水站，主要用於楊梅、新屋一帶，為當地增加了不少耕地。

值得一提的是，平鎮區公所為提供民眾休閒活動的場所，將石門大圳流經平鎮的幹渠及支渠的水圳路，規劃為平鎮綠色廊道，並以「一廊道一特色」的理念，分別打造為「相思仔」、「仙丹花」、「櫻花」、「流蘇」四條步道。

相思仔步道位於石門大圳山仔頂段，入口在中豐路莊敬段與三興路口，全長約1.6公里，是四條綠色廊道當中，自行車道設施最完善的。相思仔是常綠喬木，樹林成蔭，廊道設有解說牌，介紹水圳設施及生態環境。

仙丹花步道位於石門大圳鎮興段，入口在治平高中後面的綠色

廊道入口，步道終點為中興路石門大圳鎮興段出水口，全長約1.5公里。仙丹花的花期很長，盛花期大約是在5月中旬到11月下旬，雖以仙丹花為主，但步道沿途還栽種了各式樹木花草。設有兩處觀景平台，分別可以眺望平鎮景觀和八角塘一帶的鄉野風光。

　　櫻花步道位於石門大圳過嶺支渠，北起清泉街，南至長安路的長安水圳二號橋，全長1.6公里。這條步道設施完善，沿途有涼亭休憩區、兒童遊戲場、表演廣場，是四條步道當中最適合散步休閒的步道。每當櫻花盛開，沿路一片粉嫩花朵，吸引附近居民前來賞櫻。

　　流蘇步道位則在社子支渠，平東路61巷為步道起點，全長約1.35公里，號稱是全國第一條以流蘇為主要樹種的步道。流蘇約在三、四月間盛開，白色花朵開滿樹頭，花瓣隨風飄落如雪，而有「四月雪」別稱。由於這條步道較為狹窄，僅專供人行，是唯一禁止自行車進入的廊道。

過嶺支渠

　　過嶺支渠承接了輸送南桃園灌溉用水的工作，不同於中壢支渠位於繁華的都市地區，過嶺支渠仍維持著純樸的農耕面貌。原本取水老街溪，因水源極度不穩，重新規劃後，主要由中壢支渠供水，以便獲得充分水量。過嶺支渠長10.62公里，有七條分渠，分別為三座屋分渠、樹林子分渠、內厝子分渠、桂竹子分渠、苦練腳分渠、上青埔分渠及上田心分渠，是石門大圳第三大支渠灌溉系統。

　　走在過嶺支渠步道邊，能見到農人「鋤禾日當午，汗滴禾下

過嶺支渠步道上的櫻花。（梁俊輝攝）

過嶺支渠步道。（王豫邦攝）　　　　　　　　　過嶺支渠步道口。（王豫邦攝）

　　土」的辛勤，農家們也在步道旁販售著自家作物，形成了小型的市集。隨著四季的變化，步道兩旁也會出現不同的景色，在春、夏之際，正是農家下田播種、耕種的時節，原本空無一物的土地變得青翠欲滴；到了秋分，稻禾結實飽滿，農夫們忙著收成的工作，土地也由綠意轉為金黃，呈現欣欣向榮的景色；冬天時，農作物雖全數採收，但土地並未閒置，各片農地種滿了一致的花卉，如：向日葵、薰衣草等，彷彿置入花海，步道旁又種有櫻花樹的點綴，故有櫻花步道美名，在冬末至初春的這段期間是過嶺步道的賞花季；待寒冬過去，迎接新的一年，花卉的凋零成為了莊稼的養分，就這樣周而復始的循環。

　　從中央大學後門走出，穿過民族路雙連一段，沿著川流於過嶺支渠休憩步道上漫步，走至盡頭便可看見石門農田水利會過嶺支渠

攔河堰，而攔河堰的後方即老街溪，如此不但能夠欣賞沿途風光，也能夠強身健體，若反向而行之，便是一條「來中大」的另類遊憩路線。

2018年，「平鎮區過嶺支渠道路改善工程」將石門大圳過嶺支渠（復旦路至延平路段）兩側步道全面更新，步道長約720公尺，以「四季花彩」為主題，栽種不同季節開花的植物，讓步道在一年四季展現不同風情的景觀，並導入無障礙空間坡道，規劃休憩空間、兒童遊樂場，提供各年齡層多元化的複合式活動空間，盼能成為當地的特色。

從內厝子分渠到百花川

沿著過嶺支渠步道走至陸光路口，便可見到內厝子分渠的取水口，內厝子分渠流經祕境步道、宵夜街旁、中大校園、百花川，並從科五館後方流出，經過幾個大小埤塘，最終匯聚至中正路二段旁的豫章湖。

祕境步道的入口位於民族路三段旁邊，兩旁皆為農地，種植許多蔬果以及花卉，該步道的位置相當隱密，多是農家務農使用。

1964年石門水庫正式通水後，石門大圳的水路系統也開始運行，在中央大學尚未遷校前，雙連坡一帶原本皆是農田，內厝子分渠最初是作為灌溉渠道使用，透過日治時期的地圖標記，可以發現中央大學所處的坡地是一片茶園，較為低平的區域則以稻作為多。直到1968年中央大學遷校後，校地覆蓋了原有的農地，而內厝子分渠流經中央大學的水路，也不再進行灌溉任務，轉變為校園景

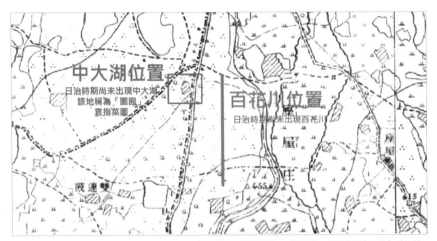

1921年日治時期地圖。（圖源：臺灣百年歷史地圖）

離開科五館的內厝子分渠灌溉周圍農地。（李瑞騰攝）

豫章湖,2021桃園地景藝術節「豫章之家」(圖中竹屋)在此展示。(梁俊輝攝)

觀，同時被賦予了新的名號，也就是現今的「百花川」。在遷校雙連坡後，為了紀念大陸時期中央大學的玄武湖，校方挖鑿了中大湖，同時也新闢一條水道接自百花川的水，以流入中大湖。

　　花川位於整條內厝子分渠的中段，由於內厝子分渠之下游地區仍需灌溉，百花川不得填平，又因其景觀別緻，成為校園美景之一。這條灌溉用的渠道，通過中央大學校地後，便由科五館圍牆外的內厝一路流向豫章湖。

　　中央大學於1968年遷校至雙連坡，雙連坡最早是農地，經過徵收後成為作育英才的學術殿堂，而60年代也正是桃園工業化的起點，搬遷而來的中央大學因此參與了桃園地區的轉變，與當地有著強烈連結，如同石門水庫原是為了解決農地的乾旱問題，如今主要供給工業區的用水；而內厝子分渠起初也是因為灌溉，其中大段現今則為中央大學的著名景點，每逢假日都會有不少民眾來此遊覽休憩，中大也因這條水路而與整個桃園臺地有了更緊密的連接。

1　李力庸〈從大圳到水庫──石門水庫興建與土地利用〉，《桃園文獻》創刊號（桃園市：桃園市政府文化局，2006年3月），頁79。
2　同前註，頁81。
3　李力庸〈水資源開發與國家社會──石門水庫籌建之研究（1945-1956）〉，《健康、和平、可持續發展──人文社會科學的視野》（香港：人文學科研究所，2013年），頁97-98。
4　同註1，頁85。

概覽

我喜歡在傍晚散步於此，

涼風與日光從擁擠的蟬聲中切入一條舒服的路徑，

右側木圍欄下方就是流水，水勢豐沛，伴隨著鳥鳴與蟬聲，

帶著飄落水面上的落葉去旅行。

陽光、雲影、微風總會適時而交錯出現，也形成另一重奏鳴。

寫在川上：
百花川的情感記憶

李欣倫 ／國立中央大學中文系副教授

　　從地圖上，可看到一條溪流，石門大圳的過嶺支渠，沿著清泉街流淌，途中分出一支流，穿越民族路雙連一段，名為內厝子分渠，在兩旁樹木溫柔的注目下，經過宵夜街旁，進入中央大學，經女生宿舍、荷花池，而後奔流進百花川步道，途經綜教館後，一條橫向的浮圳，哼著輕快的曲調，匯入中大湖。爾後，拜別了管二館與健雄館後，像美好的夢境那般，離開了校園。

清泉

　　繞進過嶺支渠步道，沿著仿綠竹般的、厚墩墩的圍籬前行，左側下方則是清澈的水流，如同這條街的名：清泉。岸旁高大的樹木伸向河中央，樹木也有好聽的名：烏臼、鳳凰木、桑樹、相思樹和樟樹等穿插間雜，另一側也零星種植著木瓜樹、柚子樹等果樹，綠意飽滿而燦爛，各種形狀的葉片宛若書籤那般被風拾掇了去，置入清泉，水流緩緩推送落葉，風徐徐吹皺水面，彷彿它們正若有所思

地閱讀著葉脈上的紋路與訊息。此時若剛好有光，迎接光束的水面幻化成一面鏡子，瞬間又聚湧成一簇簇銀色亮點，好似誰在閱讀清泉的同時，慎重而歡喜地替佳句畫了線，關鍵所在。

　　六月蟬聲若一張漫天覆地的網，悄悄遮掩了細微的潺潺水聲，於步道上散步，令人心靜，充滿喜悅。如果你帶著混亂的思緒而來，那麼此處的步行會像纏繞畫般，將煩躁順著一定的軌道梳理成纏繞畫般的次序。無論晨間或傍晚，不少人沿著清泉街旁的步道慢跑、散步，累了還能在石椅上休憩，賞覽石桌上嬉戲追逐的天光。途經依坡道而建的麒麟山莊，而後是整排的U-bike和兒童遊戲區，

過嶺支渠休憩步道。（梁俊輝攝）

這裡被打造成適合附近住民的休閒運動好所在。

這條步道還有一個吸引人的名字——櫻花步道，這是平鎮區公所將石門大圳流經該區域的幹渠及支渠的水圳路，以「一廊道一特色」的想法，在支渠旁設置的四條步道，利用不同品種的花樹形成各自的特色，分別有山仔頂段的「相思仔步道」、鎮興段的「仙丹花步道」、過嶺支渠的「櫻花步道」、以及社子支渠的「流蘇步道」。這條櫻花步道離中央大學最近，除了人行道外，也有單車道，學校的單車活動就曾到這條步道拜訪，在櫻花盛開的季節，更有許多居民前來觀賞。

離開清泉街，這條穿越民族路雙連一段的清泉仍舊以潺潺聲繼續往前進，進入了宛若秘境般的步道。

秘境

很難想像車流量大的民族路靠近中央路路口，有這麼一個隔絕喧囂、車聲的所在。踏進鋪排著橘紅色方磚步道，歲月漂淡了些許顏色，好似差了幾個色階，卻反而更切合歷史的幽靜。這條秘境般的步道，是2016年由臺灣石門農田水利會公開進行招標後所建設，標案內容為內厝子分渠改善工程。兩側植物芳美，我喜歡在傍晚散步於此，涼風與日光從擁擠的蟬聲中切入一條舒服的路徑，右側木圍欄下方就是流水，水勢豐沛，伴隨著鳥鳴與蟬聲，帶著飄落水面上的落葉去旅行。陽光、雲影、微風總會適時而交錯出現，也形成另一重奏鳴。

三月的某一天雨後，我獨自散步於秘境，先經過附近人家手植

秘境入口。（梁俊輝攝）　　　　　　　秘境的步道有一排的落羽松。（鄧曉婷攝）

的玫瑰，紅粉正嬌豔盛放，間雜著菜蔬，田園景緻。接著是綴滿紫花的苦楝，細細花瓣飄落水面，跟著水流去行旅，還有幾株櫻花，步道上散落著粉紅花瓣，美麗的嘆息，快接近尾聲則是筆直鮮美的紅蕉，伴我走完接下來的路徑，於是，一路水聲鳥鳴，一路花紅綠樹，心底蓬勃著幸福感。順著這條小徑，走著走著竟生出深沉的平靜。

　　秘境結束於中央路216巷86弄，可通往Sidewalk人行道素食餐廳，過去我曾多次經過此處──在我唸博士班階段時即已是人行道餐廳的常客，這家餐廳的蔬食美味，手工冰淇淋更是極品──卻幾乎不曾留意此處，清泉正從容而低調地流過。蔬食餐廳對面是停車場，石墩上方橫放木架，看似雜亂的竹枝自成秩序，旁邊綴以附近人家手植的菜蔬，肥大如佛爪的蘆薈飽滿著濃綠生機，清溪淺淺地流，旁邊豎起的立牌提醒：「水深危險，請勿靠近。」坦白說這狹

中央路216巷86弄。（梁俊輝攝）

小之處平日也無人動念靠近吧，甚至無感於雜亂、錯落的木材堆疊下方，清泉正天真地行經時時刻刻。

它的清澈流動提醒了我一件事：水流似樹根般蔓延，未曾中斷，躍過石間，深入縫隙，像秘密般淺入肉眼之外的深處，雖然人為的建築物遮蔽或擋住了幾許，但始終流動的清泉，晝夜不息，當學子們在宵夜街覓食的夜晚，清溪也清晰地流經宵夜街，進入中大。

校園

進入校園後，兩旁是男三舍、倉庫和宵夜街，這不是一般人會拍照取景之處，濃密的綠蔭遮擋了光線，害羞的溪流就在樹蔭的掩

護下繼續向前伸展。落葉乾燥，每一個向前的腳步聲都相伴著葉片的碎裂聲，製造著懸疑的氛圍。但光仍持續透過枝枒隱隱探進，間歇而溫柔地流轉在茸茸的綠毯上，光點偶然乍現，此處才是未經開發的祕境。河流彷彿知曉一切密意，於是從此處低調切入，低調卻清晰地流入校園。

　　接下來的路徑筆直多了，清泉豐沛的時期，彷彿可聞流水歡暢奔馳的聲音。左側是女一至女四舍，涼亭上蔓生綠藤，纏結成一大片雲朵還是霧氣的形狀，緊密覆蓋著涼亭頂端，遠看像是濃綠的髮窩，歲月使髮絲更加糾纏而堅固，下方則有供人步行的石磚，磚上紋有淺淺苔痕。相較於石磚，我喜歡從紅磚砌的階梯拾級而上，像是走入一個古老的祕密。渠水流入荷花池，兩旁的芒萁與艷山姜瘋長，其葉蓁蓁，燦爛豐美，荷花盛開的時節，圓圓的荷葉佔了湖面大幅面積，伸出湖面、細細綻放的粉色荷花，成為校內外攝影師的最佳畫面，在荷葉上滾動的露珠也是鏡頭下的怡人景緻，即便是凝望著靜止無波的綠色湖面（還倒映著美麗天空），也是理想的下午。

百花

　　接著，這條內厝子分渠有了好聽的名字：百花川。路口一塊石碑，以醒目的紅字銘刻著幾個字：百花川松林步道。可以選擇步上文學步道，也可以沿著溝渠旁的水泥路散步。

　　在中文系教授、人文研究中心主任李瑞騰所寫的〈中大十景記〉一文，曾提及當初請中文系教授、也是詩人的張夢機老師，

鄰近荷花池畔的百花川,穿過環校公路,向北流去。
(鄧曉婷攝)

初春的荷花池。(鄧曉婷攝)

根據同學選出來的中大十景撰寫古詩，而在〈中大十景再記〉
（2011年6月14刊登於聯副），也帶領讀者回味詩人筆下的校園美
景，其中關於百花川，詩人張夢機筆下的景緻是：「長渠待養百花
嬌，日暖冬風慰寂寥。夾道松蔭閒撲袂，並排樹杪默生潮。」李瑞
騰教授在評點此詩時寫到：「它原是流經中大校園的溝渠，過去想
必真有百花，據說還有池塘，今無花無池，沿川鋪有木質步道，由
南而北」，此步道在2019年成為「文學步道」，摘錄十位中大校
友的作家群之作，讓步行者散步於步道的同時，也能走入文學家的
內心風景。

百花川步道。（梁俊輝攝）

　　步道兩旁植有諸多植物，綠意迎來，像是紅竹、木槿玉龍草、朱蕉、吊竹草、小蚌蘭、白鶴芋、蔓花生、白紋草、翠蘆莉、雪茄花、黑龍草等，雖無百花，但不乏零星的花兒點綴，像是金露花、白色的蔥蘭、淡紫色的鳶尾蘭、紫紅色的細葉雪茄花等，這些柔和景致的小小花草，多數由中大志工所栽種和養護。雖無百種花，但目前的花也交織成小規模的喧嘩勝景，像是細葉雪茄，在綠葉中綻放，飽滿著喜氣的紫紅；另一種紫來自於鳶尾蘭，優雅聖潔；如玉皎潔的蔥蘭則從細長葉片中開展，清新脫俗；這些花仰望著美麗的臉蛋，構成了妍麗的圖景。

　　除了花，百花川松林步道的主角當屬松樹，松樹和白千層形構成另一重靜謐風景，它們站立成護衛姿態，時間滋養著枝幹的挺拔，樹的隊伍默默凝視著多年來行經於石板路上的師生，凝視著他們的身影、念想和情思，他們走過，無論是去中正圖書館、總圖書館，還是在太極銅雕旁的長椅歇息（椅上銀版雋刻著大師事蹟），悄悄剝落歷史的白千層，風來便細細奏鳴的松樹皆俯瞰著往來的人們，彷彿也閱讀他們腦海裡逐漸成形的詩句，關於這條美麗的路徑，關於這條路徑上發生的所有情感記憶。

大一國文藏書票——百花川。

　　百花之外，校園動物也不少，松鼠不時穿越在松樹間，跳上跳下，偶而看到三兩隻松鼠，互相追逐嬉戲，忍不住驚嘆「好可愛」！也曾在女舍旁的涼

在

鳶尾蘭。（鄧曉婷攝）　　　　蔥蘭。（秘書室提供）

亭，看到別稱大笨鳥的黑冠麻鷺，因為行動緩慢，只要不太靠近，牠就是攝影的好對象。中大湖因有景觀平台，假日常有許多遊客在此駐足，尤其是小朋友，拿著魚飼料或麵包吸引魚群前來。湖上的松柏亭，常有鴨、鵝在此聚集，看著鴨媽媽帶著鴨寶寶游水，一隻接著一隻，這樣的畫面讓人倍感溫馨。有時鴨鵝聚集在涼亭上，經過時，還得小心翼翼，以免被牠們追逐。

詩人‧戀人

當我撰寫這篇文稿之際，同時在閱讀第二屆百花川詩獎作品，此詩獎由中央大學學務處於2020年春天初次辦理，六月時舉辦頒獎典禮，獲獎的同學於典禮中公開朗誦自己詩作，詩中的百花川以及其他淙淙流動的、松濤婆娑的聲音、松果、松鼠與光影，就在詩人們的文字間靈動與幻化。百花川召喚詩人行經此處，駐足，賞覽，發呆或低語。仔細捧讀詩作，有人書寫百花川的黃昏，有人銘

校園中最常見到的松鼠。（蔡宗良提供）　　黑冠麻鷺，別稱大笨鳥。（鄧曉婷攝）

中大湖邊正在曬太陽的鵝群。（鄧曉婷攝）

記假日的步道，有人也細數步道旁的植物，有人則珍藏課後笑語、晚間涼風習習的暗夜川聲。

百花川也吸引戀人，此處更是諸多情詩的第一現場，內心戲的製造所，戀人們將絮語、擁抱和永遠一起攜手走下去的承諾——這真是一條讓人想反覆步行的路徑——獻給了百花川步道，百花的爭妍與繁麗意象也轉化成精緻修辭，盛放的即使不再是百花，綻開的祝福成為戀人筆下的嚮往，他們在這筆直的校園小徑裱褙豐美的記憶。

或許這也是過去幾部偶像劇取景於此的緣故吧。想像一下：先是遠景，主角們散步於木棧道，鏡頭拉近，燦爛陽光適足從松林間穿過，被綠意層層篩過的薄薄微光，恰巧於男女主角的臉上和眼瞳，投映出流轉光采。

幾十年來見證諸多戀人的百花川步道，以及拍婚紗照首選的青青草皮，彷彿是暗藏諸多私語和許諾的回憶百寶箱，像是：我願意。我等你／妳。第一屆百花川詩獎獲獎者郭惠珍，便在詩作〈只想和妳一起〉中寫到：「夾岸白花迎接／小川自石門水庫潺潺趕來，還扎著稻稈／朱銘發出快活的聲音／我在河畔等妳」。詩中的白花便是蔥蘭，百花川誘發詩人情思，眾人所等待的不見得是暮然回首闌珊處下的那個誰，可能只是一隻飛過的蝶、棲止的鳥，或者炎夏中從容往赴虛空的一陣涼風，松濤。

即便是獨自行走於細雨中的百花川，一路延伸的筆直小徑，不也象徵著美好而自由的未來？是的，即使是眼淚與告別，這裡恐怕也是首選？路燈拉長影子，夜裡的川聲聽來像是嗚咽，代替誰和誰流淌出難忍的淚水。

　　走到底，迎來的是志希館，前方則是小木屋鬆餅，傘花下，飄散著音樂、咖啡和鬆餅香。小徑的盡頭盡是甜蜜的鏡頭，厚實的鬆餅彷彿走完百花川路徑的最佳犒賞，於是詩人們也無法忘懷鬆餅的香氣、蜂蜜、果醬，甜美的滋味從文字間暈散開來。捧讀這些青春詩作，不難發現無論是百花川旁的樹木，或是川聲、雕刻、草皮，正啟動他們的靈感，將他們與校園、與師友們共同的情感記憶寫在川上。川晝夜不息，他們在這裡發生的一切也就恆常縈繞。

湖畔

　　穿過綜教館，在管二館前，內厝子分渠支出一條渠道，流入中大湖。此處也是中大師生及遊客喜愛駐足之處，李瑞騰教授在〈中大十景再記〉中表示最愛的是中大湖，曾寫過〈湖畔沈思〉一文的他以為全校最美的地方即是中大湖：「以前只是湖美，現在周邊多了兩棟綠建築，客家學院古樸與雅致

管二館前岔出一條渠道流向中大湖。
（鄧曉婷攝）

中大湖畔流蘇盛開。（鄧曉婷攝）

兼具，國鼎光電大樓有現代感，把湖襯得更漂亮。」據説是仿南京玄武湖造的中大湖，「迭經歲月洗禮，日月光照，風雨滋潤，小小的中大湖，在我眼中，湖光樹影，亦雄亦秀，自成特色。」如是我聞，湖面倒映著人文哲思與知識，在我就讀中大的時光裡，常常在中大湖旁的步道散步，最喜歡坐在碼頭上快思慢想。

　　湖畔附近栽種許多河津櫻，是大島櫻和山櫻花的混合種，二月時盛放，以整片粉紅花海吸引蜂群圍繞，妍麗的垂墜花瓣讓人置身於幸福的粉紅泡泡中，通常花開時節正逢農曆過年，花團錦簇更是喜氣滿盈，因此更召來大批遊客駐足拍照，成為部落客網誌上的亮點，也是不少師生社群網站上的焦點。根據「友好之櫻」的碑文，

中大湖畔的「友好之櫻」與櫻花。（總務處提供）

幾十株河津櫻是2011年3月11日前日本首相海部俊樹等人特定來臺種植，海部俊樹於1951年畢業於日本中央大學，以「友好之櫻」碑文象徵著兩國、兩校友好的關係，而粉嫩的櫻花也拉近了學府與社區的距離，大家為了賞花而來，為了中大湖而來，為了百花般的繁茂意象而來，每個歸返的人都不會失望，相機裡、心板上盛裝了粉紅色的華麗祝禱。

　　緊鄰光電大樓的客家學院旁小徑也栽有山櫻花，散步於繁花盛開的小徑，行經兩旁醞釀並製造知識的文理建築，感性與理性的奏鳴，不禁想起《漫天飛蛾如雪》的作者麥可・麥卡錫（Michael McCarthy）在討論春樹開花時，被那自然而強大的美所震撼之際提到：「我的理性已無法應付一切，這一切太過強烈，理性因而墜

為碎片。」「就在春日極致的豐美當中，這份喜悅就在那裡。」想像那些在文、理建築勤奮工作的師生們從高樓窗戶望向這一切，或走進這一切，會不會也有如斯感受？茂盛的花樹、靜謐且彷彿恆常守護的湖泊、適合沈思散步的曲折步道，美的大規模環繞，理性中調和著柔和感性。

　　鵝群也是湖畔風景。無論是在坡道上歇息、列隊行走，或是依序划向湖心，皆令人悅目。中大湖是我們的珍貴資產。獻給師生、獻給社區、獻給知識、獻給理性與感性的中大湖。

旅行

　　告別了管二館與健雄館，內壢子分渠又以旅行者的姿態，悄悄離開校園，繼續下一段旅程。對無論是曾經步入校園、在中大湖邊賞覽湖景的遊客；還是中大師生而言，由清泉、秘境、步道、湖畔所構成的百花川，終究是記憶中美好的風景，它以其流動、清澈、色澤、兩旁植物等印象，鮮明地銘記在我們內心深處的那塊石碑，諸多情感記憶就寫在上頭，寫在曾依稀出現於夢境的川上，發亮的川。

左右二路

新民之道連接著校園的生活區和教學區，

早上可以看到大家三兩成群步行其中，

或騎腳踏車從宿舍趕往另一頭的教學大樓，

沿路除了百花川潺潺流水聲外，

另一側的公佈欄張貼校園活動的最新消息。

傍晚下課後，大家又漫步回到宿舍。

夜晚，偶有出來散步或運動的人們。直到深夜，這條路又恢復寂靜。

自在來去：
新民之道和百花川松林步道

郭惠珍 ／國立中央大學中文系博士生

　　中央大學校園內由南向北，貫穿校園的河川──百花川兩側，屹立著兩座詩意盎然的步道，其西側步道名曰「新民之道」；東側則為「文學步道」，步道植滿各色花草，平日裡承載著學生求學的腳步，假日則成為散步與攝影的好去處。

新民之道

　　「新民之道」位於百花川西側，全長約250公尺，為水泥路，行至中段（中正圖書館側邊），可見一片低矮的蔥蘭中有一塊寬餘4尺，高及腰的石碑橫躺其中，即「新民之道」石碑。

　　石碑外觀渾然天成，佈滿原始石紋，其上方以小篆橫書「新民之道」四字，內文則取絹婉雅緻的隸書寫道：

　　　　李校長新民先生，中央大學畢業校友，一九七三至一九八二
　　　　年返母校主持校務，樹木樹人，建制中大為完整大學，感念

新民之道。（梁俊輝攝）

「新民之道」石碑。（李瑞騰攝）

先生對中大之卓越貢獻，特名此步道曰新民之道，以茲永
念。

二零零五年元月校長劉全生謹志

書體結構上下精密，左右舒展，由中央大學中文系系友，曾任
國立故宮博物院研究員的游國慶博士所寫。內容是紀念前校長李新
民於中央大學在臺復校的艱苦時刻，主持校務，讓中央大學從復校
前期的國立中央大學理學院，成為學制完全的大學。

李新民（1915-2004），別號莘民，湖南耒陽人，國立中央大
學數學系畢業，美國西北大學碩士、美國康乃爾大學博士，曾於師
大與清華兩校擔任數學系主任，及清華數學研究所所長。李新民曾
任中華民國數學會理事長、自然科學促進會理事長，1973年接掌
中央大學理學院，致力於增強師資陣容、購置圖書儀器、增建校舍
及美化校園，至1982年任期屆滿。期間最重要的是在他任職的第
六年，政府核准自1979年7月1日起恢復「國立中央大學」原名。

在校園美化工作，李新民校長大量種植樹木，大門圓環內由
黃榕編成的「中央大學」正是此時所栽種。利用校友捐贈之「松柏
亭」、曲橋，打造成園林景致，供師生遊憩。又闢建苗圃，栽種各
項花木。從幼苗栽培到大樹成蔭、松林環繞、百花叢生，如今中大
享有優美環境，李新民校長居功甚偉。

2004年12月12日，李新民與世長辭，享年九十，為感念其貢
獻，校方於隔年1月14日舉辦追思會，將沿著百花川南北縱向的
路，命名為「新民之道」，並於中正圖書館外設立新民之道石碑記
其事，以誌不忘。

64學年度新生入學訓練，李新民校長致詞。（校史館提供）

　　這條新民之道連接著校園的生活區和教學區，早上可以看到大家三兩成群步行其中，或騎腳踏車從宿舍趕往另一頭的教學大樓，沿路除了百花川潺潺流水聲外，另一側的公佈欄張貼校園活動的最新消息。傍晚下課後，大家又漫步回到宿舍。夜晚，偶有出來散步或運動的人們。直到深夜，這條路又恢復寂靜。

　　曾經，在聖誕佳節的日子裡，校園內也會因應這白色浪漫的氣氛而在此布置繽紛燈具，2015年由學生會主辦的「聖誕節點亮百花川」活動，沿著百花川，在樹上掛滿藍白燈飾，草叢中則擺放閃亮的麋鹿，入夜後，點亮的裝飾看起來另有一番景致。

　　「新民之道」連接教學、行政、宿舍等重要區域，是為師生上下課的必經之路，每逢上下課人潮甚多，人車爭道，不免發生意外碰撞，因此校方決議增設一條行人步道，即「百花川文學步道」的前身──「百花川松林步道」。

樹上掛滿藍白燈飾。（學生會提供）　　　　　草叢中閃亮的麋鹿。（周薇華攝）

百花川文學步道（上）

　　「百花川松林步道」位於百花川東側，啟用於2008年09月11日，起初以木棧修葺而成，又稱「百花川木棧道」。至2019年，木棧道歷經12年風霜，難免磨損不堪，為使用者安全考量，重新修繕，而於中段保留原木設計，彰顯其承先啟後之意。

　　步道修繕整畢後，由吳瑞賢總務長主持，邀請文學院李瑞騰院長策劃為「文學步道」，李院長與中文系莊宜文教授合作精選十位校友詩文，經授權後將詩文節錄，嵌於步道上的黑色大理石中，並有周景揚校長屬名之立石，至此步道得名「百花川文學步道」。

百花川松林步道舊景。（陳文龍攝）

百花川文學步道。（梁俊輝攝）

百花川文學步道與立石。（鄧曉婷攝）

順著文學步道，從最南邊走起，仔細端詳校友作品，首先是潘人木：

家中每一扇窗都是一幅畫，而且是活動的畫
無論冬夏，頭頂的天窗外永遠是
「一方」橡樹枝搖來搖去
搖出一片灰，搖出一片淺綠，又搖出一片濃綠。

——潘人木《馬蘭的故事》

潘人木（1919-2005），本名潘佛彬，和孟瑤、燕然同在1938年參加全國第一次大學會考，分發到中央大學（重慶時期）成為同學，畢業後任職於重慶中國海關總署、新疆女子師範學院，1949年來臺，開始從事文學創作。1965年，開始兒童文學創作，作品

題材豐富，有兒歌、童話、兒童故事、兒童散文等，並任臺灣省教育廳兒童讀物編輯小組編輯、總編輯，是臺灣重要的兒童文學家。

《馬蘭的故事》敍寫在新舊衝擊下的女性成長，離鄉背井的懷鄉念土，倫理親情以及國仇家恨下的抗日反共，寫出女主角馬蘭成長的歷程與磨鍊。抗戰時期，中央大學西遷重慶沙坪壩，當時多少離鄉背井的青年學子，懷著國仇家恨，在沙坪壩的中央大學磨練技藝，鍛鍊心智，馬蘭正是當時年輕學子的縮影。

其次是孟瑤：

讀史，每每增我無限感慨、無窮信心
它多像一棵百年老樹
那怕被雷電燬去一半
一遇春天，她又生意盎然，樹影婆娑。

——孟瑤（揚宗珍）《忠烈傳》

　　孟瑤（1919-2000）是知名作家，也是著名中文學者，1938年
考入中央大學歷史系（重慶時期），長期耕耘長篇小説，更有學術
專著，分別在1965年完成《中國小説史》、1966年完成中國《中
國戲曲史》、1973年完成《中國文學史》(有「孟瑤三史」之稱)。
早期小説以描寫愛情、親情的故事居多，簡單易懂，大眾所愛讀。
中晚期寫的歷史題材小説，是較少作家碰觸的領域，是孟瑤文學的
重要特色之一，《忠烈傳》便是其一。孟瑤熱愛京劇，造詣極深，
且能粉墨登場。

　　接著是師範：

　　把希望交給工作
　　把身體交給你自己
　　同時，不要過分計較你工作所得的
　　有形的酬報。

　　　　　　　　　　　　──師範（施魯生）《思想散步》

　　師範（1927-2016），本名施魯生，1947年畢業於中央大學經
濟系，創作文類包含長篇小説、短篇小説、散文等。曾任臺灣糖業

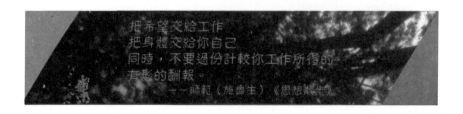

公司管理工程師及《野風》半月刊主編。其自云：「學的是經濟，教的是心理，做的是生意，愛的是文藝。」，在工作之餘持續耕耘文學創作，和他在臺糖的朋友所辦的《野風》半月刊（1950年11月~1965年2月），以「創造新文藝，發掘新作家」為宗旨的「純文藝刊物」，有在野的自由性格，對五十年代臺灣文學的影響很大。師範寫作題材廣泛，關心同時代的人事，對於當時在野的自由風氣有很大的影響力。《思想散步》最重要的主題在於：思想，需要散步。討論實際人生中，面臨的多種抽象或實際的事件時的處世哲學，為半嘲諷體的短文，在輕鬆中得到心靈上的寧靜與享受。

第四位是36屆校友聶華苓：

　　天空下，有個鹿園
　　一個美國男子和一個中國女子在鹿園裡
　　相惜相愛，生死相許
　　走遍天涯海角，永遠回到鹿園

　　　　　　　　　　　　　　　——聶華苓《鹿園情事》

聶華苓（1925-），1944年考上中央大學經濟系（重慶時

期），後轉至外文系。來臺後加入胡適創辦、雷震主持的《自由中
國》，至 1960年《自由中國》遭到國民政府查抄而停刊。1962年
臺靜農邀請她到臺大教小説創作課，接著徐復觀請她到東海大學教
現代小説。1964年她受邀前往愛荷華大學擔任作家創作坊顧問，
1967年創辦國際寫作計畫，數十年來已有千百位作家到愛荷華參
與此計畫。

　　聶華苓多次擔任國際文學獎評審，並榮獲多項文學藝術貢獻
獎，2008年更被選入愛荷華州婦女名人堂。《鹿園情事》正如文
句所摘，一對異國戀情的夫妻相知相惜，是聶華苓與夫婿美國詩人
保羅・安格爾的情事追思，文句間深情打動讀者，其中有情，全書
中也有他們對文學的品味和談論。聶華苓對中央大學有很深的感
情，在她的作品中曾多次提及母校。2013年，學校因其文學成就
及在國際文壇的貢獻，周景揚校長親赴愛荷華贈予榮譽文學博士學
位。

　　再往前走，最後是燕然：

　　　生命的意義乃在追求成熟的過程
　　　歷經無數次的蛻變，不到死亡不止。
　　　這個過程，乃充滿了悲劇的莊嚴
　　　響起鏗鏘的命運叩門之聲……
　　　　　　　　　　　　──燕然（王聿均）《霧淞集》

　　燕然（1919-2007），本名王聿均，1938年考入中央大學中文

系（重慶時期），次年轉至歷史系，畢業後從事學術研究與文學創作，深受宗白華、方東美、唐君毅等名師影響。曾主編青島《民言報‧藝文周刊》、臺北《公論報‧日月潭副刊》，先後任臺灣師範大學、中興大學、淡江大學、輔仁大學兼任教授，以及中央研究院近代史研究所研究員兼所長。其創作文類有論述、詩、散文和傳記等，散文《霧淞集》裡即追憶中大川江俊媚之美與師生和睦之感情。

　　從文學步道最南邊走起，潘人木、孟瑤、師範、聶華苓、燕然共五位中央大學大陸時期校友作品。這些作品有小說亦有散文，內容含括人物經歷與磨練的成長故事，關於愛情的追思情念，對於思想的放鬆、哲學思考的漫步，更有以史借鏡，描摹生命意義與大時代歷史的關懷。從南京到重慶，重慶到南京，再從南京來到臺灣，五位校友的作品經驗與記憶，隨著戰爭與校史移動，串聯起一部宏觀的移民史、近代史。

百花川文學步道（下）

　　循著文學步道一路向北，穿越舊圖中正圖書館，走下階梯，再重新踏上文學步道，低頭第一道文學刻石，來自陳雪：

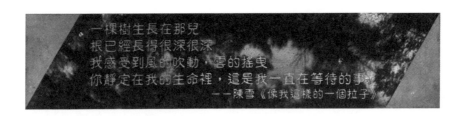

一棵樹生長在那兒

根已經長得很深很深

我感受到風的吹動，雲的搖曳

你靜定在我的生命裡，這是我一直在等待的事。

——陳雪《像我這樣的一個拉子》

　　陳雪（1970-），1993年中央大學中文系畢業，專注於小說、散文的寫作，在小說《惡女書》收錄了四部短篇小說，1995年出版後引起廣大迴響，成為華文女同志小說的重要作品。《像我這樣的一個拉子》，記錄了陳雪自己性別意識的轉變，與漫長自我覺醒的歷程，書中從單戀、初戀，到戀愛期間無盡的漩渦，經歷性別的認同、相戀的困難、精神疾病折磨等過程，找尋生命愛戀的原型，同時接觸、探知，找到自己，成為自己。

　　同樣畢業於中文系的葉怡蘭：

　　一如我在茶裡所逐漸體悟出的人生哲學：

　　「濃不如淡、多不如少、熱不如冷、高不如低、

　　重不如輕、快不如慢、繁不如簡」……

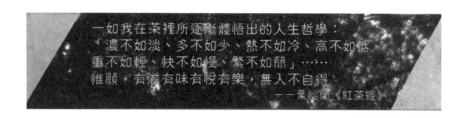

一如我在茶裡所逐漸體悟出的人生哲學：
「濃不如淡、多不如少、熱不如冷、高不如低、
重不如輕、快不如慢、繁不如簡」……
惟願，有滋有味有悅有樂，無入不自得。
——葉怡蘭《紅茶經》

惟願，有滋有味有悅有樂，無入不自得。

——葉怡蘭《紅茶經》

　　葉怡蘭（1970-），1992年畢業於中央大學中文系，知名飲食、旅遊作家，1999年創辦《Yilan美食生活玩家》網站，為臺灣現存歷史最悠久、影響深遠的美食網站。也在其飲食學苑不定期開設茶、巧克力、酒等各種飲食、旅遊、生活美學課程，為臺灣民眾的飲食、旅遊美學奠定基礎。常上各大報章雜誌，並代言飲食、美酒等廣告。民以食為天，美食專家帶著我們啜飲一杯滋味濃淡、多寡、冷熱、高低、重清、快慢、繁簡不一的人生。葉怡蘭帶我們品味美食之餘，也帶我們品味人生，體會箇中況味，享受人生並思考人生。

　　我們繼續走，離不知何時開始在此營業的小木屋鬆餅愈來愈近，鬆餅的香味和《紅茶經》好像成了午茶絕配。此時，我們遇上吳明益：

　　當蝶蛻蛹而出，抓著被拋棄的舊軀
　　爬到一個等待的角度時

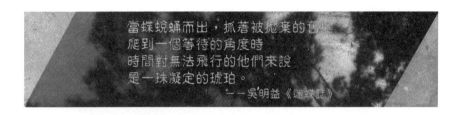

時間對無法飛行的他們來說

是一珠凝定的琥珀。

———吳明益《迷蝶誌》

　　吳明益（1971-），中央大學中文系博士，是臺灣知名小說家、散文家。其長篇小說《複眼人》售出多國版權、翻譯成多國語言，《單車失竊記》曾入圍布克國際獎，短篇小說《天橋上的魔術師》被改編為臺灣迷你劇集。《迷蝶誌》是吳明益第一部散文作品，也是他自然書寫的第一本書。迷蝶是「迷走」的蝴蝶，在生態學的術語中，因遷徙或天然因素，所導致某個地區出現原不產於這個地區的蝶種，這些新移入的蝶種，便稱為「迷蝶」，臺灣的人文歷史與迷蝶也有相似之處，《迷蝶誌》不專寫生物學上的迷蝶，而是類似遷徙的蝶與遷徙的人之間的聯想，於是時而以蝶的世界，去反思人的世界。

　　有些迷走的人，思索如何成器，機械系校友朱學恆：

　　只要我夠投入一件事

　　我就一定能從中學到東西

至於這件事能否成功，或是怎麼樣才算是成功

就不是我應該關心的事情了。

——朱學恆《玩人生・成大器》

　　朱學恆（1975-），曾翻譯《龍槍》系列（第三波出版）、
《魔戒三部曲》、《哈比人歷險記》、《星際大戰》索龍（Grand
Admiral Thrawn）三部曲，現任奇幻文化藝術基金會創辦人兼董
事長及開放式課程網頁中文版翻譯計畫主持人。在翻譯《魔戒》
前，朱學恆便積極推廣奇幻文學以及TRPG遊戲，包括翻譯《龍與
地下城》，這些奇幻文學作品在臺灣並不盛行，在風氣少見的情況
下，朱學恆秉持對奇幻文學的熱愛，發揮自身所長，積極用心投入
翻譯與傳播；後又將翻譯《魔戒》所得的版稅500萬新臺幣捐出成
立奇幻文化藝術基金會，旨在為建構臺灣奇幻文學環境，陸續舉辦
奇幻文化博覽會，反映了他積極「投入一件事情」的「玩人生、成
大器」的精神。

　　投入人生學習，育成大器。有些時候，自身便是一個承載風雨
的器皿，行至最後，可見目前亦在中央大學任教的中文系校友李欣
倫：

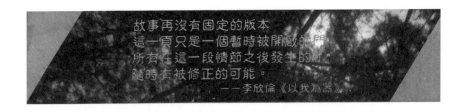

故事再沒有固定的版本

這一頁只是一個暫時被開啟的門

所有在這一段情節之後發生的種種

隨時有被修正的可能。

——李欣倫《以我為器》

　　李欣倫（1978-），知名散文家，父親是中醫師，因此她從小與藥材為伍，培養了對中藥的興趣，並透過藥草與生活的連結，記錄了童年的回憶，《藥罐子》便是其第一本散文集，往後作品中，亦時常提到關於中醫的知識與童年穿梭在藥房的回憶。李欣倫一貫的關注是「身體」，其文學主題大多與此相關，「一開始是因為碩士論文研究臺灣疾病書寫，讀許多身體論述的書，但近年對身體感受逐漸從紙上轉向真實體驗，也才開始意識這是一個豐富而吸引我繼續討論的主題。」並以一位素食者身分，反思對於生命與生死的體悟。在《以我為器》中，李欣倫發現自己身為一個容器，進而展開關於以人為器皿的辯證關係，穿上婚紗的身體、懷孕的身體、生產的身體、燙傷的身體等，以身體為器，所承載的血緣、身分等，那些公眾的而又私密的自己，經過每一場儀式性的過程，在在展示了每個人忽略的自己，那些自己，何嘗不是一個裝盛生命的，有血

百花川文學步道詩歌朗誦會。（鄧曉婷攝）

有肉的靈魂。

　　陳雪、葉怡蘭、吳明益、朱學恆、李欣倫五位校友，他們展現充沛的創作能量，曾多次獲得文學獎項，為校爭光。他們的文學含括散文、小說、奇幻小說翻譯等多面向：陳雪的同志文學，葉怡蘭的飲食文學，吳明益的魔幻、寓言、後設文學，朱學恆的奇幻小說翻譯，李欣倫的身體、疾病散文及研究，這些新的創作趨向，是中央大學復校後，校史中的新氣象，也是臺灣文學界的重要資產。

　　中央大學的校史，正如同《迷蝶誌》透過迷蝶，所欲探究的關於「人」的世界的遷徙。在大陸時期歷經遷校，直到1962年復校，然而當時尚未成完全大學之規模，經戴運軌院長、李新民校長

2020年畢業典禮於太極銅雕草坪與文學步道上舉行。（秘書室提供）

的奔波，終於恢復為「國立中央大學」。中大校友豐富的文學類
型，在復校後如百花綻放，百花川與文學、與新民之道為鄰，多彩
的文學景觀正與篳路藍縷的歷史互為照映。

　　文學步道的南端和北端，中間都有一大塊原木平台，平台旁有
水泥砌成的石椅，可供休憩之用，而這個大平台也就成為辦活動
的最佳舞台。2019年文學步道的啟用典禮，舉辦「詩藝響起、松
濤傳頌」詩歌朗誦，活動受到師生好評。隔年，舉辦第一屆百花
川詩獎，至今已經第三屆。2020年，受到新冠疫情（Covid-19）的
影響，許多大型活動不得不停辦，在疫情趨緩的時候，配合防疫政
策，中大舉行了戶外畢業典禮，當日天氣晴朗，在藍天綠樹中，聆
聽師長諄諄教誨，進行撥穗儀式，最後在悠揚的旋律中，結束這場
簡單而特別的活動。

結語：一條母親河

　　百花川文學步道的走讀，除了文學意義外，更具有相當的地理、歷史意義。百花川原是灌溉農田的圳道，起點可追溯到石門水庫，沿著大桃園的河川，一路曲曲折折，沿經中壢市區老街溪，再分支石門大圳過嶺支渠而出，流經中央大學宵夜街旁，引進中央大學校內南端，並沿途流過校內荷花池，經過中正圖書館、大草坪、綜合教學館，在管理學院二館再岔出一條浮圳，主幹道仍舊往北，流出中央大學。

　　河川圳道蔓延過去以農為業的桃園，在地理上，中央大學因此與大桃園有著密不可分的關聯，原為茶園的中央大學校地，在歷經近一甲子的時間，茁壯成為臺灣重點大學之一，校園與桃園之間，相輔相成的關係，不容忽視。

　　百花川是一條母親河，由南到北，在中央大學正中央，文學步道與新民之道夾岸兩側。涓涓流過，一年又一年，一波又一波的畢業生將畢業禮帽上的穗子，從右邊撥到左邊，四年灌溉撫育畢業生的，正是這一條母親河，她不斷流動、沖刷，為稚氣未脫的孩子，逐漸洗去稚氣，慢慢雕琢成人，直到畢業的穗子成熟，悲憫謙遜地垂下，灌溉著莘莘學子，川流不息。

百花川一景。（梁俊輝攝）

三大流域

石門大圳的過嶺支渠漫上了雙連坡，

橫向分支成為內厝子分渠，

沿著與中央路平行的一條小徑流著，

便從宵夜街口附近流入了中央大學，

橫貫校園，有了一個美麗的名字——

百花川。

| 流域一 |

從宵夜街說起

康珮　／國立中央大學中文系助理教授

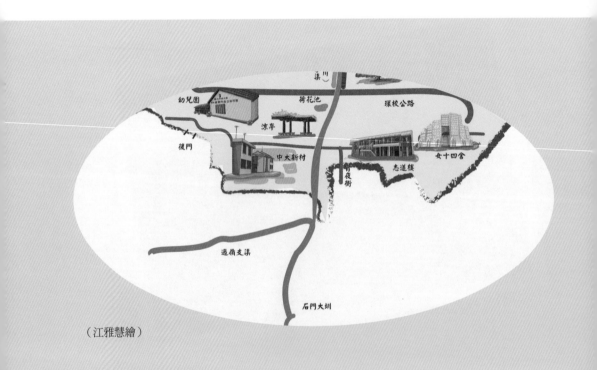

（江雅慧繪）

宵夜街

　　中央大學有三個出入口，正門穿過木棉大道，中央大學就立在小山丘上，抬頭遠望，迎面而來是一片綠色草地，平整地有如一方硯台，修剪成「中央大學」四個字，擔負迎賓的職責。大門口旁的在臺復校紀念碑直指天空，就像一支筆；另一旁的警衛室則是石墨，再加上後排的行政大樓，窗格彷彿一張九宮格的紙，這極具特色號稱「筆墨紙硯」的景觀，曾是中大十景之一，也是遊客對中大的第一印象。

　　從高速公路往新屋方向，繞上了雙連坡，轉進中央路，兩側有許多樓房供學生租賃。狹窄的街道剛好讓兩輛汽車交會，從前桃園客運、往返臺北的校車都從中央路通過，進出後門。遇到了用餐時間，學生們蜂擁而出，後門人車交雜，技術差的駕駛可不敢輕易嘗試。

　　中央大學還有一個入口，是附近居民或熟識的教職員工和學生才會知道的小路。這條路連接三民路，名為五興路，熟識的人走進小路，需爬上一段坡道，坡道盡頭豁然開朗，是人聲鼎沸的商店街，就是中大師生口中的「宵夜街」。

　　石門大圳的過嶺支渠漫上了雙連坡，橫向分支成為內厝子分渠，沿著與中央路平行的一條小徑流著，水道旁有一條罕為人知的磚面步道。支渠不到一公尺寬，步道也僅供兩人並肩而行，磚石地面看起來舒適宜人，只有三三兩兩的人，或掛著耳機慢跑，或與友人閒談漫步。步道旁的住家是最大受益者，他們倚著水道而居，紛紛在住家前院栽種農作物，絲瓜、火龍果、葉菜類，小辣椒……，

中央大學宵夜街。（梁俊輝攝）　　宵夜街舊景。（中央大學72級畢業紀念冊）

與隔著數十公尺的大街，形成截然不同的農家風光。

　　支渠往前漫延，便從宵夜街口附近流入了中央大學。這條生命之圳橫貫了學校，有了一個美麗的名字——百花川。

　　不仔細觀察，其實很難發現熱鬧的宵夜街商圈，底下有條水道涓涓而過。一則水道窄長，二則幾乎被居民栽植的作物遮蔽了大半。學生每日來往覓食，恐怕從來沒有想過，學校裡美麗的百花川，究竟從何而來？石門大圳就這樣默默地，滋養了多少作物，養活了多少人家。在學校裡，又成就了多少浪漫佳話。

　　宵夜街是一條寬度僅能容納一輛車的街巷，長度也僅僅五、六十公尺，早期卻是中央大學一萬餘師生仰賴餐食的重要商圈。平時，因為學生眾多，不會有車輛進出，連機車也鮮少通行。周圍除了店面之外，還有店面前分租的攤販，短短一條宵夜街，竟然有

三、四十家的商家，用餐時間盛況驚人。雖然空間擁擠，但火鍋、自助餐、滷味、雞排、水果攤、早餐、手搖飲應有盡有，有些老店已經有二十年之久，成為歷屆畢業生津津樂道、回味無窮的青春印記。

宵夜街之所以得名，是因它緊鄰中央大學側邊入口，入口沒有正式的警衛室或校門，而是以幾根欄杆作為校內、外的區隔。學生經過此處，必須跳下腳踏車，改為牽扶方式曲折通過。進入中央大學，左右邊是學生的宿舍區，學生夜晚趕作業、準備考試，飢腸轆轆之際，便會約三五好友到宵夜街打牙祭。回應學生夜間作息，宵夜街幾乎二十四小時不打烊，營業到二、三點的好兒蛋餅是中大學生的最愛。好兒蛋餅店名特殊，用蛋餅皮或河粉皮裝著滿滿內餡，學生可依喜好自行選擇加入雞排、蔬菜絲、薯餅，再淋上乳酪絲，包起來分量十足，很受學生的歡迎，一個蛋餅就足夠胃口大的男生飽餐一頓，故而取名「好兒」，吸引不少美食電視台前來報導。畢業生重返校園，也不忘去重溫好兒蛋餅的溫暖滋味，用味蕾重新品味學生生活。霸王雞排更是每個宵夜族的共同記憶，自1998年開始營業，已經超過二十個年頭，是中央大學附近較資深的雞排店，老闆營業到很晚，造福的學生無數，倒很能成為「宵夜街」的頂梁柱。

夜晚過後，宵夜街便有好幾家早餐店接續開門。中央大學的學生比例特別，研究生不少於大學生，屬於以理工科系為主的研究型大學，學生常常通宵做實驗，從研究室拖著疲憊身軀回宿舍之前，到宵夜街買一頓豐盛宵夜，是解除一天辛勞最好的心靈慰藉。

隨著公車班次更為頻繁便利、學生消費習慣的改變，就這樣，

宵夜街從短短的一條街，開始往外拓展蔓延，學校附近的簡餐店樣
式更多元了，後門也成為新成形的飲食聚落，但只有宵夜街，過了
晚上八點，仍然人聲鼎沸熱鬧滾滾，不論春夏春冬，都滿足著莘莘
學子的胃，安慰著他們想家的心。後門形成的多是快餐的新飲食型
態，店內較寬敞舒適、學生會內用兼小聚，老師導聚也會選擇後門
的店家，價格可能介於150元到250元之間，學生難每天消費；宵
夜街雖然擁擠，但仍維持始終樸實的風格，價格比較親民，學生會
單獨用餐或外帶，快速簡便為主，宵夜街和後門遙望，提供學生不
一樣的用餐選擇。

中大新村

圳道從宵夜街外圍一家「人行道」素食餐飲旁，以極低調的姿
態往宵夜街漫進，從學生人人知道的「豆花店」旁的窄巷盡頭流進
了中央大學。依傍這條渠道的流域形成了「居」的人文地貌。中央
大學的南面，以環校公路和學校的主建築物作為區隔，主要是師生
居住的建築群。從後門往前門方向，分別是教職員中大新村、女一
至四舍、女五舍 （現已廢除，改建為學生自主學習空間）、男三
舍、志道樓（原一餐）、女十四舍、國際學生宿舍、男五舍、男
十一舍、男七舍、松果餐廳（原七餐）、男六舍、游藝館、男十三
舍、據德樓。學生宿舍大部分集中於此，過了環校公路，方是各院
系的上課教室和研究空間。

內厝子分渠將「居」的人文地貌，從校外延伸到了校內。隔著
校牆，潺潺水流在松樹與榕樹掩護下緩緩流經「中大新村」，那是

中大新村。（梁俊輝攝）

中大新村舊景。（校史館提供）

中央大學的教職員宿舍。1968年中央大學在雙連坡上正式復校，離中壢市區及火車站極遠，交通也不方便，師生居處難覓，為了讓教職員能安心教書、工作，學校建設了「中大新村」提供教職員安居以樂業。

　　一棟棟兩層樓的民居共有四十六戶，統一白色牆面，是今日已罕見兩層樓高建築的社區，房舍不寬，樓層也不顯高，頗有早年住宅區或者眷村風貌。家戶之前都有庭院可做車庫，但停車者少，戶戶都植栽了各具特色的植物圍籬，從內厝子分渠向「中大新村」漫步，便走入某種穿越時間的幻想中，彷彿回到七八零年代的臺灣。圍起庭院的以朱槿花、七里香、金露花居多，但也有人圍起鐵網，讓火龍果攀爬。信步走過，只見戶戶種得滿園芳菲，玫瑰、檸檬、左手香、聖誕樹、變葉木、松樹，走到盡頭，銜接中大後門處，有兩棵極高大的櫻花。春節前後可以看見滿樹粉紅、落英繽紛的美景，賞櫻不用出國。春天的白流蘇也不惶多讓，夏天高大木棉墜落滿地橘紅色花朵，這些見證校史，植齡甚久的大樹，多是當年落腳中央新村的教授們所種，當花期親見才能體會其壯麗之美。

　　而住在「中大新村」的教授們，本身就是中大最美的人文風景。中文系耆老胡自逢教授2004年仙逝之前，就長年居住在中大新村。身為易學名家的胡自逢教授，曾在1967年規劃高師大國文學系的創立事宜，並受邀擔

中大新村內。（康珮攝）

任首任系主任；1972年便受聘為國立中央大學中文系主任，1980年任中央大學文學院院長，一直以來兢兢業業，在課堂上引領學生一窺易經堂奧。退休後，胡自逢老師仍在中文系兼任，傳授群經大義、周易研究，作育學生無數。現今許多中文系的年輕老師，都是胡自逢老師的學生。胡教授能持續在中文系開課，有賴他居住於中大新村，中央大學就是他的生活圈，住家環境清幽，平時在校園運動，養生有道，享耆壽九十三歲。之後師母仍住在中大新村，這是學校給予早期任教教授的福利，教師配偶仍保有校舍使用權。胡自逢教授的公子，數年前在中央大學後門巷弄內，開設了一家「Backdoor Cafe」，店內擺設簡約，各項甜點、咖啡都是老闆精心調配製作，老闆對產品挑剔的程度頗似胡自逢教授做學問的要求，店裡常有學生點一杯咖啡、一塊糕點，在溫和的燈光、輕鬆的樂音下，或者研討、或者閱讀，享受一下午的清閒。這段有趣的佳話，可以看出人文涵養不僅在閱讀書籍，美食亦是人文的延續，而父子二人不管是精神的靈糧、美味的食糧，都給予中大學生滿滿的飽足感。

專精於科學卻兼通人文的教授也難能可貴，定居在中大新村的陳台琦教授專長雷達氣象，自美學成歸國之後長年在中央大氣系服務。中央大學的大氣系是全球少數擁有都卜勒氣象雷達的大學系所，可以說大氣系的教授們時刻為臺灣的預報氣象、偵測天災方面貢獻心力。但是掌握大氣前緣科技的陳台琦老師並不盲目崇拜科學，反而虔信佛教，在心靈世界找到安定身心的力量，跟隨著中央大學另一位知名教授兼佛學家，當時服務於太空科學與工程學系的林崇安教授，學習動中禪。在忙碌的事業之餘，陳台琦教授還擔任聲佛學

中央大學附設幼稚園。（梁俊輝攝）

社指導老師，引導學子們在忙碌大學生活中找到自己的人生方向，時常可見教授急忙從大氣系系館奔往游藝館參加社課分享學佛心得，或者就在中大新村的道路旁，為愛情、家庭、人生志向而煩惱的學生們諄諄教誨，永遠一團和氣的陳教授總是笑咪咪，充滿了人文的溫度。

　　中大新村還有一戶特別的住戶，是一群可愛的小朋友。有感於中央大學地處小山丘上，到市區交通並不方便，為了讓教職員可以安心授課、研究，經過各方奔走、努力，1980年初，「中央大學附設幼稚園」在中大新村成立，招生對象以教職員工的子女、孫子女為主。這群小朋友是學校的寶貝，廣闊的校園都是他們的教室，學校常常可以見到老師帶隊，一群小朋友兩兩牽手排成一列長長的隊伍，在學校郊遊、野餐、探索自然。2000年，在行政單位的支持下，幼稚園正式立案，幼稚園有一石碑，記述了草創的艱辛過程：「中大幼稚園終於在八十九年六月立案成功，距成立之初，忽忽二十載矣。初創之拓荒，立案之艱辛，一路走來的點點滴滴，筆墨難盡，言語不足形容。深受其惠的我們，唯有珍重，唯有感激，唯有以繼往開來承先啟後之使命感。」2012年托幼整合法案通過，托兒所和幼稚園整合成「幼兒園」，原中央大學附設幼稚園

轉型成中央大學附設幼兒園。

　　在女一舍至女四舍後面的小巷內，幼稚園已經佇立了四十多個年頭，當年的小朋友都已經成為社會的中堅支柱，而園內朗朗的讀書聲、盈盈的笑語聲至今仍悠揚不輟。只要經過幼兒園，總忍不住往內張望，看看小朋友牙牙學語的可愛模樣。園內有一個小院子，是小朋友的遊戲空間，走出幼兒園的斜前方，有個小溜滑梯和遊戲設施，中大新村除了住戶外，很少外來車輛，小朋友不須擔心危險，可以自在享受遊戲時光，在這裡，彷彿時間都慢了下來，別有一番慢活的情致。

　　幼兒園和中大的生活有許多連結，每年校慶繞場，幼兒園一定參加，而且是全場矚目的亮點，小朋友行進到了司令台前，會停下隊伍表演唱跳組曲，全場師生報以熱烈掌聲，紛紛拿起相機捕捉可愛身影，是運動會開始前的一大高潮。而每年的萬聖節，就會看到打扮成各式卡通造型的小明星們出現在校園，引來大哥哥大姊姊們的驚呼聲。聖誕節，幼兒園的老師會帶著小朋友到各系館報佳音，各院院長也會響應，喬裝成聖誕老公公發糖果，看到平常嚴肅的教授們裝扮成聖誕老人，各班都會停下正在進行的課程，探頭出來看熱鬧，為學術殿堂增添許多趣味。

志道樓、女十四舍

　　沿著圳道流向中央大學的方向看，除了可見左側緊鄰的中大新村外，人文流域的上游幾乎就是中央大學的主要學生宿舍區，中大新村對面就是女一、二、三、四舍，圳道右側緊鄰男三舍、女五

舍，向右繼續前行分別有高大的女十四舍，以及歷史悠久的男五舍、七舍、十一舍以及國際學生學人宿舍等等。小小的河道兩旁有著截然不同的生活風景，左側是定居的老師們灑水澆花整理家園，小朋友嬉戲追逐的家居生活，右側可以從一格一格窗戶中窺見在學子們在宿舍的青春歲月切片。

　　人文流域的上游既然是宿舍區，是青年學子們日常生活集散地，因此中央大學也把幾個重要的學生活動據點建立在這一側。根據《論語・述而》中孔子所言：「志於道，據於德，依於仁，游於藝。」學校將學生活動中心、體育館與社團辦公室分別命名為志道樓、據德樓、依仁堂、游藝館，依仁堂是體育館，已經位於人文流域中游地帶。志道樓、據德樓、游藝館不僅彼此相近，也與學生生活圈息息相關，各自乘載了一代一代中央學生們淚水與汗水、笑聲與歌聲。

　　志道樓距離內厝子分渠最近，卻是得名最晚。志道樓的前身是中央大學第一學生餐廳，是隨著中央大學在臺復校最早的一批建築群，可以想見在那個篳路藍縷人煙稀少的年代裡，當時的第一學生餐廳，填飽了多少學子的胃。但是，隨著時代發展，宵夜街的興起轉移了消費主力，傳統自助餐已經不符合年輕人品味，廠商難以營利撤出校園，第一餐廳竟也因此閒置多時。

　　但是隨著宵夜街成為生活重心，人潮匯集，又鄰近據德樓、遊藝館等社團活動大樓，因此積極辦活動，希望吸睛的學生們，就把念頭動到宵夜街口。不知何時開始，各種社團活動在宵夜街口擺攤不知不覺間成為慣例，各項成果發表、營隊活動，都常見學生在宵夜街口布置桌子張貼海報，向路人分發傳單，或者透過擴音器大聲

志道樓。（梁俊輝攝）

志道樓前身──第一餐廳。（80學年畢業紀念冊）

呼喊活動名稱，增加曝光度，又或者直接來個街頭表演，拉椅子就表演起古箏吉他等樂器，或者展現武術或熱舞。購買晚餐、宵夜之餘，駐足欣賞這些街頭演藝，點綴了午晚餐時光。

　　宵夜街口成為學生社團活動的重要陣地，但是第一餐廳卻因為不合時宜而荒廢閒置，殊為可惜。為此，學校積極規劃將第一餐廳改建成提供學生活動的多功能場所，經過為期一年多的整修，2013年2月13日，在盛大的管樂社銅管五重奏的悠揚樂曲中，座落中大宵夜街入口的志道樓正式揭幕。志道樓的得名，依循依仁、據德、遊藝的典故，完整地體現了孔子養成人格素養的四階段。志道樓一樓善用了建築體本身一樓挑高的格局以及較高的外柱，規劃成能讓學生表演用的舞台；二樓分成三個部分，分別是韻律教室、多功能小教室以及中央大學學生會辦公室。爾後，宵夜街口與學生社團之間的連動變得更加緊密。辦大型活動時，還能利用志道樓一樓的戶外空間，又或者在一樓舉行成果發表時，宵夜街口的空間也能設置各種攤位，讓原本就住在附近幾棟宿舍的同學們可以更直接參與活動，空間的運用更為靈活多變。

　　緊依著志道樓的是女十四舍，是全校宿舍中最高樓層的

宵夜街口擺攤。（秘書室提供）

女十四舍。（梁俊輝攝）

一棟建築物、白色牆面、搭配鑲有紅磚的拱門，在全新落成的時候看起來氣勢萬千，安排住宿在此的學生都覺得很興奮。過去的大學生校舍多為雅房，在樓層兩側為公共廁所和沐浴間，新宿舍的設計則是四人一間的套房，多了洗浴空間，對女孩子來說，生活更多了便利性。大樓下也設有許多和學生生活息息相關的鋪子，除了全校仰賴的郵局之外，還有眼鏡行、敦煌書局、美髮院、洗衣店、生活百貨、影印店等。

十四舍與國際學人宿舍相對，圍成一個廣場，有別於宵夜街口的熱鬧喧囂，十四舍前廣場充滿浪漫氣息，夜晚時特別為年輕學子青睞，青春的男學生總是在女十四舍與女一至四舍前徘徊駐足，有些癡情漢子手上拿份宵夜等待心儀的她出現，有些情侶成雙成對，在拱門下相互依偎，情話綿綿。

中央大學遠近馳名，吸引許多外國學生前來就讀，國際學人宿舍提供外籍學生住宿，二人一房，房間明亮寬敞。窗景是環校公路旁的廣闊綠地，以及一片因為松樹環抱而成的綠色道路，時不時還

游藝館。（康珮攝）

有新婚佳偶在綠地上拍攝婚紗照，在這樣的房間倚窗讀書也是一大
樂事。

　　再往前走，就來到據德樓、游藝館。游藝館在男十三舍坡旁，
白色外牆搭配一大片透明窗戶，採光良好。建築主體外的設置了一
到藍綠色電梯，在當時是先進的設計。游藝館的定位比較傾向表演
型社團使用，因此有多個多功能教室可以借來練舞排演，一樓的禮
堂可以提供舉行研討會，也可以供給社團當成小型成果發表使用。

　　相對於游藝館的華麗，據德樓顯得樸實忠厚，略為半月形的
形狀，灰白床面上掛著據德樓三個大字。據德樓除了二樓中庭算是

據德樓。（康珮攝）

較大的公共空間之外。其餘主要都規劃成社團辦公室為主。隔著一道道木門，各種文藝性社團隱身其中，書法社靜心習字，校刊社隨意放著音樂專心手工貼稿。偶有琴聲飄過也不打擾大家。靜態卻一點也不沉默，在寧靜中醞釀活潑氣息。社團辦公室讓有志於同樣興趣的學生們可以彼此串聯，為了要完成社團活動，同學們要學會堅持與妥協，養成溝通協調，領導統御，時間規劃等各式軟實力。時至今日的我們都已經普遍有共識，在大學階段，課堂上的學習提供專業硬實力，但是出社會工作，在職場上，軟實力往往才是成功的關鍵，據德樓的空間陪伴一代代中大學生挑戰自我完成任務，不僅

剛流入校園的渠道。（李瑞騰攝）

爬滿紫藤的涼亭。（康珮攝）

涼亭舊景。（中央大學70級畢業紀念冊）

是記憶中難忘的空間，也是中大培養未來人才的溫床。

荷花池畔

內厝子分渠就這樣無聲息的穿過了青春學子身旁，女一至女四舍前學生沉浸在情人的世界裡，完全沒注意渠道的水流潺潺，渠道旁的松、榕得天獨厚，獲得水泉滋潤，長得特別參天高聳，樹幹歷經多年，底部盤根錯節，形狀十分怪奇。

就在女一舍前，有座涼亭，斑駁白牆看得出時代久遠，整座涼亭爬滿紫藤，顯得特別有野趣。當初不知是為了什麼原因蓋了這座涼亭，可能曾是中大新

村住戶們納涼的聖地？現今亭子雖蔭
涼遮陽，但旁邊鄰近水，又多草，招
引蚊蟲，雖看著典雅，卻鮮少見到有
人在亭子裡休憩。中大新村第一代的
住戶們都早已退休，有些可能已經離
世，但這座涼亭就在這裡，迎來一批
批新生，陪伴著他們成長、學習、戀
愛、畢業，可能還知道許多人的心事
和秘密，亭子屹立不搖見證著校舍
的歷史，成了學校最忠誠的一員。

女舍附近的防空洞。（高潤清攝）

　　女舍前高大的松樹與木麻黃綠蔭成片，往前數十步，可以看到
樹林中隆起的一塊小丘，丘上榕樹盤根纏繞，若不仔細觀察，已經
很難發現這是一個廢棄的防空洞遺址，同樣以榕樹掩蔽的防空洞在
游藝館及男五舍旁也可以看到。但是戰火硝煙遠離臺灣已久，防空
洞也失去當初設置的功能，為了防止發生意外或不幸，校方早早砌
上磚塊，將防空洞入口與觀察窗堵死。今日只能從其形狀遙想當
年。未經歷戰爭的年輕學子還知道這是什麼嗎？現在雖荒廢了，卻
呼應了中央大學在悠長校史中，曾多次因戰亂顛簸遷徙的歷史過
往。而更顯得現在學生的無慮生活得來多麼可貴。

　　過了防空洞，再往前走，支渠水流導入一個小小的池塘中，池
中種滿荷花，故得名為「荷花池」。這個位於環校公路旁橢圓形小
池塘，池畔還種植了杜鵑與繡球花，另有兩棵高大的紫薇花，張揚
紫紅色花穗，似乎要隔開這一帶松樹、榕樹、木麻黃黯沉的綠，獨
彰顯出荷花池的嫵媚。七月正是荷花盛開的季節，浮滿綠萍的湖

面，荷葉直挺，白底微紅的荷花在風中搖曳，讓人不禁想起徐志摩的名句：「最是那一低頭的溫柔，像一朵水蓮花，不勝涼風的嬌羞。」每到夏天此番勝景，總是吸引不少人駐足欣賞荷花盛開，荷葉田田，風光無限。

　　若到了冬天，則可見滿池蕭瑟，枯枝下掛著乾槁蓮蓬也別有風味。另有一趣，由於學生多尊重生態，不會傷害學校生靈，因此荷花池中繁衍了大量貢德氏赤蛙，此蛙聲如狗吠，也時常被人叫做「狗蛙」。每到繁殖期的夜晚，池中的蛙群叫聲響徹夜空，如群犬吠，有時也會給正對面女舍學生帶來難以入眠的困擾。

　　至此，也算是校園渠道上游，「居」的人文地貌之終點。內厝子分渠由宵夜街而入，水道繼續往前奔流，洗脫人間煙火，便以一個新名字「百花川」重生，越過校園中央，別是一種風情。

荷花池。（康珮攝）

| 流域二 |

以舊圖為中心

羅健祐 ／國立中央大學中文系博士生
林佳樺 ／國立中央大學中文系碩士生

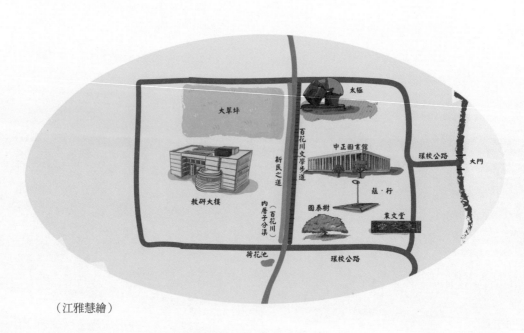

（江雅慧繪）

國泰樹。（梁俊輝攝）

國泰樹

「國泰樹」是一棵高大壯碩的榕樹，居於中正圖書館（又稱舊圖）南門口前方，因外型神似國泰人壽的標誌，而有此暱稱。中央大學雖以松聞名，但這棵大榕樹亦別具特色，沉穩、安靜地守護著校園。

國泰樹總是不吝出借她扶疏的枝葉，為大家遮風、擋陽、避雨，是師生和民眾運動、休憩的好夥伴。清晨，國泰樹周遭總有許多人賣力地扭腰擺臀，活動筋骨，舒展身心，為精彩的一天拉開序

幕。下課時,常可見學生在樹下聊著生活,談論夢想,傾訴青春的煩惱,國泰樹彷彿也默默地扮演著心靈導師的角色。黃昏,偶爾會有情侶依偎在樹旁的長椅,欣賞美麗的夕陽,享受甜蜜的兩人世界。入夜後,國泰樹周邊依然熱鬧,或有同學三五成群閒聊,或有長輩結伴悠哉漫步,度過美好時光。

假日時,中央大學搖身一變為「中央公園」,優美的景色,吸引大批遊客入校遊玩,許多家庭會前來野餐,共享歡樂時光,創造溫馨的親子回憶。國泰樹所在的大草坪就是絕佳的野餐場地,不但有國泰樹抵擋強風烈日,亦有柔軟乾淨的草皮可以坐臥、嬉戲,還有美妙的百花川流水聲當背景,總是一席難求。周末午後,國泰樹旁遊人如織,可分靜態活動與動態活動,前者如聆聽音樂、望遠發呆、享用點心等,紓解壓力與煩憂;後者如傳接飛盤、比賽羽球、練習跳繩等,大人小孩甚至寵物皆玩得不亦樂乎,非常愜意。近年,國泰樹也跟上時代潮流,成為寶可夢的據點之一,常有一群人圍著她,緊盯手機,認真捕捉寶可夢的盛況出現,樂趣無窮。

國泰樹下共嬉戲——中大幼兒園足球大戰。
(中大幼兒園提供)

　　國泰樹大草坪也是舉辦活動的好所在。中央大學寒／暑期營隊、戶外課程、活動等常會選擇於國泰樹草坪進行，例如活潑熱情的團康舞蹈時間，大夥一同唱歌跳舞，藉此活絡感情，認識新朋友，國泰樹也沉浸在樂曲聲中，似乎也跟著一起微笑搖曳，增添氣氛；另有活力十足的RPG遊戲，學員們在草坪上闖關解題，培養團隊精神、學習新事物，關鍵時刻更盼望國泰樹能伸出援手，指點方向。營隊最害怕的事情，就是遇到壞天氣、器材出狀況，只要有了國泰樹的呵護，似乎一切皆能順利圓滿，讓大家開心地留下難忘動人的記憶。

　　國泰樹與周遭的總圖書館、中正圖書館、科學一館、〈蘊‧行〉共同涵養自然與人文的和諧情懷，沉靜地陪伴中大人走過一個又一個春夏秋冬，認真踏實，無華不爭，與中大校訓「誠樸」相互呼應，她將持續屹立於這座桃園的桃花源，奉獻一己之力。

　　儘管國泰人壽標誌上的圖像，源自成功大學校內的榕樹，但中大這棵國泰樹，擁有自己獨特的風格與生命故事，值得前來親近問候，與她一同感受中大的風情與魅力。　　　　　（羅健祐）

秉文堂

　　荷池往下，穿行不遠處一棵茁壯繁盛、宛若天蠱的國泰樹，便能瞧見濃密深邃的綠意，層層包裹住歷史悠久的建築，乃雙連坡上第一棟竣工啟用的校舍──「科學館」。館內二樓即是紀念郭秉文校長之「秉文堂」。堂內上方處鑲有戴運軌校長於郭秉文校長九秩榮慶所立「秉文堂」匾額。

郭秉文校長。（校史館提供）

秉文堂舉辦65學年度新生入
學訓練典禮。（校史館提供）

　　郭校長與中央大學之緣，須追溯至1918年3月，其時南京高等
師範學校校長江謙，因病退休，便由教務主任郭秉文接任校長一
職，[1] 隔年有感於「五四運動」所引起的學生運動風潮，及至青年
學子與國家未來相繫之重，更確定高等教育學校在社會發展上的重
要性。

　　郭校長先是於1920年4月的校務會議上，提出在南高的基礎上
創建一所國立大學的議案；同年9月，郭校長同教育局長黃炎培、
北大校長蔡元培、蔣夢麟，拜訪教育部長範源濂，傳達改制大學之
迫切。[2] 在郭校長有此決定時，已觀察到當時江南地區尚無大學，
倘使南高能可順利改制為東南大學，即成為南方學術中心，進一步
加強推展高等教育之影響力。

　　為解決接踵而來的學制改革、土地、經費等問題，郭校長優先
爭取定名「大學」，並將南高之師範體系保留，留待日後革新，同

時也擬定了土地、經費的調度辦法，在1920年12月7日，國務會議通過提案，原南京高等師範學校正式定名為「國立東南大學」。[3]

　　在為改制大學之事奔波前，郭校長在南高對於教育學制的態度，已顯露出其積極創新的教育風格：一則為正式招收女學生入學，二則開辦暑假學校，以及針對成人教育性質的課程學校，不僅加強了教職、行政人員的學識水準，也向外拓展社會各階層的教育需求，[4]盡到高等教育機構之社會責任。

　　郭校長擔任南高、東南大學校長期間，亦是學校發展的重要時期，其辦學方針皆可歸於「平」一字上，並認為《大學》「平天下」之「平」，正是治學治事的最佳座右銘。[5]

　　郭校長對於大學教育，強調四大平衡，其一為「通才與專才的平衡」，將正科分作文史地部及數理化部，同時也設立工、農、商、教育、體育之專修科；其二為「人文與科學的平衡」，強調民族精神、中西交流，深入探索西方文化並進行研究的《學衡》雜誌；另一方面，也從國外親自延攬諸多專業人才，為中國科學展開奠基工作；其三為「師資與設備的平衡」，高等教育以師資為要，並因應各科課程所需，設置氣象台、農場、實驗池等，讓學子真正實踐學以致用的理想；其四為「國內與國際的平衡」，不拘泥於是否為師範體系所出，廣納人才，並延請各國學者入校講學，使學生受益，更使學校進益。

　　正如郭校長所強調之「平」，是平和，是和諧。唯平衡並進，方是和諧；唯和諧相協，方是進步。[6]秉文堂不僅為紀念郭校長與中大之緣，也不單純因個人教育功業而存，而是透過這段珍貴而久遠的過去，見證中大一路走來的精神，承載一顆顆對教育的熱忱

之心。

　　秉文堂可容納座位數為199位，故多為大班上課的教室，或是職員講習、活動的場地，如職工聯誼會，同時也因講台夠大，常常是各類大型活動的舉辦地點，如研習營、中大親子日、中大幼兒園耶誕晚會。　　　　　　　　　　　　　　　　　　（林佳樺）

蘊・行

　　〈蘊・行〉為一座公共藝術裝置，以鈦金屬、304不鏽鋼、培林軸承構成，高558公分、直徑200公分，位處中正圖書館南門口正前方，設於2011年，利用「風」作為助力，牽引作轉動或擺

2017年12月11日，第28屆職工聯誼會歲末聯歡會舉辦於秉文堂。（職工會提供）

〈蘊・行〉。（梁俊輝攝）

動，在周遭環境的光影變化下，倒影正好呈現出「中」字，巧妙呼應校名。

　　〈蘊・行〉屬於風動藝術雕塑，上有風洞圓環，在自然風力的推動下，會緩慢以8字形在空間轉動，利用耐候材料的軸承，支撐上方圓環，當有微風作用於圓環曲面，形成不同方向的力矩，進而推動圓環。師法大自然一直是人類文明進步的發想源頭，人類運用風能的歷史源遠流長，而風洞圓環有別於風車和風力渦輪機，它不是機器，但隨風起舞的特性，寂靜緩慢地轉動不止，有其獨到之處。

　　〈蘊・行〉的設立，期盼能讓大家思考人、機器與自然之間和諧共存的可能。此外，中央大學以地球科學起家，它的設立也象徵

著這座校園將繼續以探索自然、追求永續發展為己任，為臺灣乃至世界的環保盡心盡力。

〈蘊・行〉的設計者是日本籍藝術家松本薰（Kaoru Matsumoto）先生，專長為風動藝術，作品遍布日本與臺灣各地，曾獲第一屆「京都雕刻美術展」新人獎、第一屆「享利・摩爾大獎展」優秀獎、第四屆「Japan Emba 大獎展」優秀獎等，受到廣大的注目與歡迎。他的創作是運用數學、力學、物理和幾何學等科學基礎，結合自然而形成的藝術，在偶然與必然之間，看見穿越時間與空間、指出未來方向的那道光。擅於運用自然界的風，使作品隨風運行，並與周遭環境的光影互動，營造出豐富的視覺效果。

藝術作品在環境中隨風舞動的韻律感，代表剛毅堅強、生生不息，同時呈現出自然與人類之間的對話關係。除〈蘊・行〉外，松本先生2017年又受邀為中央大學設計〈羽翼〉風動裝置藝術，立於機械系館（工程三館）前，並蒞校舉行「藝術・風──松本薰的風力機械藝術」講座，使中大師生能清楚認識他的理念與藝術裝置，關係密切。

〈蘊・行〉所在位置，原立蔣中正先生坐姿銅像，於2003年拆除，只留下墨綠色的方型水泥基座，逐漸成為師生、民眾休憩、聚會的熱門場地。2011年6月，校方為改善校園景觀，規劃四件材質、風格迥異的公共藝術，〈蘊・行〉與〈大象五形〉、〈漫步雲端〉、〈坐聽・松風〉一同現身中大。中大致力於打造自然與人文和諧的優質環境，將公共藝術融入優美的建築和景緻之中，讓校園充滿人文藝術氣息。「蘊・行」將持續隨風擺動，順從自然，創造獨一無二的光采。　　　　　　　　　　　　　　　　　（羅健祐）

風動藝術〈羽翼〉。（藝文中心提供）

中正圖書館（舊圖）

　　中正圖書館外型仿羅馬宮殿，以白、綠色為基調，莊重典雅，是中央大學重要的閱讀基地，位居校園中心位置，美國學人Charles William Eilot有言：「圖書館是大學的心臟。」地位不言而喻，始終為師生提供源源不絕的知識，讓學術能生生不息，代代延續。

　　中正圖書館之名為紀念曾任中央大學校長的蔣中正先生，建造工程分為二期，總面積為2170建坪，其中五分之三（1200建坪）由陳其寬工程師設計，啟阜建設工程公司承建，1970年5月20日動

中正圖書館側面。（陳文龍攝）

中正圖書館正面。（梁俊輝攝）

土，次年6月落成啟用。圖書館共兩層樓，每層樓高達4.9公尺，樓上、樓下的大閱覽廳擁有逾千席座位，且可容納約五十萬冊圖書，另設校史室，頗具規模。方型建築的中央有一天井，仿照花園樣式，設有噴水池並擺滿各式花卉，令人賞心悅目。

　　館內設有中央系統之冷氣設備，是時任總統的蔣中正先生所頒賜，提供師生舒適的研究、學習環境，可能是當時臺灣大專校院中少有的一座現代化圖書館。恰如中大中文系已故教授張夢機〈中大十景・中正圖書館〉詩所詠：「珍藏遠勝絳雲樓，書館中庭花木幽。力學諸生披善本，玉顏金屋悉堪求。」

　　百花川的位置也因中正圖書館的建設而遷移，據主持中大在臺復校任務的戴運軌先生回憶，中壢校區內原有桃園水利會灌溉水

中正圖書館舊景。（中央大學64級畢業紀念冊）

渠，經過沿線既長又曲折，妨礙中正圖書館的建築位置甚大，因此商請蘇澤工程師設計，將水溝由曲拉直，迤經圖書館西側，毋須蜿蜒於圖書館地下，並將V字形水溝改建為矩形，且在女生宿舍大門前另闢一水池，種植紅白荷花及水蓮（今荷花池），原先困擾工程的水溝竟變成點綴校園景色的百花川，至今仍流水潺潺。[7] 此外，為了便於通往圖書館，另開闢自大門往西、自學生宿舍往北的兩條水泥大道，寬4公尺，能逕達圖書館門口。圖書館四周則遍植草坪及龍柏數百株，讓師生研究、讀書之餘，也可藉綠意盎然的景觀，放鬆身心。

另一方面，中正圖書館剩餘五分之二（870建坪）屬第二期工程，新建部分委託蘇澤工程師設計，1972年開工，隔年5月中竣工，圖書館西側規劃為書庫，並提供全校研究部使用，東北角兩邊，空間寬敞，將作為中文、外文、歷史等學系的教學場所。外文系的語言實習室，更設有中央控制台、聽筒座位及打字機各四十台，設備完善、先進，耗資不菲，讓學生能獲得更紮實、完整的訓練，培育優秀人才。

圖書館原附屬教務處，1979年始成為一級行政單位，增設採編組及典藏組，1986年則擴充為採錄、編目、典藏及閱覽四組。隨著1994年大氣磅礴的新圖書館（總圖）建成，中正圖書館亦逐漸轉型，目前是學校的第二行政中心，一樓主要作為學務處各單位的辦公室，校內藝文中心亦設於此處，時常舉辦各類展覽，替中大增添幾許人文氣息。二樓另有圖書館轄下的視聽資料室、K書中心，時常可見同學流連忘返於其中，或悠閒地觀賞電影，或怡然地聆聽古典樂，或戰戰兢兢地準備各項考試。

1994年新圖書館（總圖）建成，矗立於中正圖書館東面，自此中正圖書館成為「舊圖」。（梁俊輝攝）

中正圖書館藏書區舊景。（中央大學67級畢業紀念冊）

K書中心。（梁俊輝攝）

中正圖書館天井的垣牆。（梁俊輝攝）

陳其寬。（秘書室提供）

不僅內部的單位有所調整，中正圖書館的周圍也有不小的變化。南面原有的蔣公銅像，已由公共藝術裝置「蘊·行」取代；東面的水泥地升旗廣場，也化作白色明亮的總圖書館。西面的百花川東岸，先設了木棧道，又重新設計成百花川文學步道，煥然一新。縱使功能改變、景物移換，元老級的中正圖書館，見證了校史的發展歷程，依然是中大不可或缺的重要建築。

中正圖書館的設計者陳其寬先生畢業於重慶時期中央大學建築系，與中大淵源深厚。在動盪不安、烽火連天的1940年，陳其寬進入中央大學建築系就讀，既符合熱愛美術的興趣，又可透過工程科學為國效力，雖然戰亂中一切辛苦，但中大建築系仍保有堅強的師資陣容，教授們皆是早期自美國、歐洲學成歸國的學人，且系圖書館藏書豐富，使陳其寬受到良好的建築學教育。此外，他也常到隔壁藝術系旁聽，一睹徐悲鴻、呂斯百、吳作人等大師的丰采，增進自身的藝術學知識。

1948年，陳其寬遠赴美國深造，就讀伊利諾大學建築研究所，並在畢業特展時嶄露了驚人的天賦和才華，從五百多人中脫穎而出，贏得丹佛市市政廳設計首獎。1951年，陳其寬受華特·葛羅培斯（Walter Gropius）所長邀請，進入協同建築事務所（TAC）擔任設計師，次年又至麻省理工學院擔任建築設計講師，並遇上了充滿革新精神的藝術理論家捷爾吉·凱普斯（Gyorgy

Kepes），開始大膽地展開各種實驗，從最簡單的工具、材質中，開展出最大的可能性。

1954年，陳其寬受邀參與東海大學的建築工程，自此與臺灣結下不解之緣。1959年返臺定居，著手創辦東海大學建築系，引進包浩斯（Bauhaus）精神，開建築教育之先河，重視動手實做、空間感的訓練與培養，甚至使「做模型」成了東海建築系的傳統。他為臺灣建築界注入了新穎的觀念與技術，主張「用新的方式，創造出新的建築形式，適應新的時代要求，以臻更理想的境界」，知名作品遍布南北，如臺北中央聯合辦公大樓、中央警官學校（現警大）、新竹科學工業園區管理局、中興大學體育館、高雄漁業大樓等，更於1969年為中大中壢校區作總體設計，貢獻甚大。

2004年，陳其寬榮獲第八屆國家文化藝術基金會美術類文藝獎，同年也獲頒中央大學榮譽博士，以表彰其成就。可以想見，當年設計中壢校區時，雙連坡五十甲的校地，猶如是攤在陳其寬眼前的畫布，一點、一橫、一撇，仔細地佈置各建築與景觀，展現誠樸宏偉的氣象與格局，而他最慎重、專注的那一筆，即是位處中心、擔綱重任的中正圖書館。[8]

中大十景之一的中正圖書館，有著綠白相間的牆面，白色牆面輔以雕花的鏤空設計，以及由白色柱子所形成的迴廊，成為新人們拍攝婚紗的好地點。2015年，欣逢本校100週年校慶，特地向教職員及校友發起「愛在中大　百年奇緣——中大婚紗照徵件展」活動，徵件內容須為在中大取景拍照，藉由眾人提供的婚紗照，讓大家瞧一瞧不同時期的校園風光，喚起新人們的甜蜜記憶，與中大一同歡慶百歲生日。此外，多部偶像劇也曾在此取景，在「兩個爸爸」劇

中，第一法庭和第二法庭的所在地即是中正圖書館。　（羅健祐）

太極銅雕

〈太極銅雕〉位在志希館前草坪，作者為藝術雕塑家朱銘先生，完成於1988年，高392公分、長607公分、寬343公分，材質青銅，是中央大學最早設置的公共藝術，與周遭的百花川、松群、榕陣合為一體，極具美感，不同季節、天候、時辰、角度皆富特色，是校內的攝影聖地，更有偶像劇特地前來取景，頗富知名度。2020年，中大成為桃園地景藝術節的展場之一，印尼籍藝術家Effan Adhiwira的作品〈天降雄鷹〉座落其旁，各有意趣，相得益彰。

〈太極銅雕〉由一塊塊青銅拼裝，加以焊接修正而成。若就近察之，可以看見表面帶有顆粒狀的粗礦質感，保有創作伊始，將切割後的塊狀保麗龍翻模成青銅的製作過程。若自遠處觀之，則能望出其造型彷彿兩個形體的雙手相互連接，順著自然而動，使氣流與肌肉貫通，賦予作品完整又開放的空間結構。整件雕塑體現出「太極」重氣息、借力使力的意象，且不拘泥表面，巧妙結合東方的文化思維與西方的藝術形式，帶給觀賞者豐富的感官享受，不同年齡、心情、身份的觀者欣賞之，皆可有所體會，從此座藝術裝置獲得啟發。

朱銘，本名朱川泰，苗栗通霄人。十五歲即從工藝師李金川學習雕刻與繪畫。三十歲時，帶著作品至臺北市南海路拜藝術家楊英風為師，決心獻身藝術，「朱銘」即楊先生所取，有「銘記在心」

太極銅雕。（梁俊輝攝）

天降雄鷹。（梁俊輝攝）

朱銘。（取自朱銘美術館官網）

之意，希望全世界都能記住他的名字。1976年於國立歷史博物館舉辦首次展出個人木雕創作，融合民間工藝與現代雕塑，描繪臺灣的風土民情，頗獲矚目，頓時成為七十年代臺灣鄉土運動的重要象徵，初露頭角。1977年更赴日本東京中央美術館開設個展，此後陸續於香港、美國、英國、法國等地展出作品，逐漸得到國際藝術界的關注和肯定，揚名海外。

　　朱銘的著名創作有《鄉土系列》、《太極系列》、《人間系列》等，《太極系列》源自1976年，當時楊英風建議身體虛弱的朱銘學習太極拳法，他從中獲得體悟，進而變成創作題材，成為最廣為人知的代表作，〈太極銅雕〉即是其中之一。《太極系列》以自創的快速刀法雕塑，不只呈現有形的太極拳運動，也表現出太極二元對立、陰陽相生、剛柔相推、兩儀平衡等概念，剛開始作品多半從招式簡化而來，後來逐漸轉向刻劃招式間的演變，流露出抽象的運動性，再從寫象轉為寫意，展演中國文化的含蓄與天人合一的境界，塑造出獨特的朱銘風格。2000年，他發表〈太極拱門〉，精準傳達太極氣韻流轉的深意，為此系列畫下完美句點，值得細加品味。

　　從心出發，嚮往純粹，感受生活的美好，每個人都是藝術家。創作者須是一個動態的生命形貌，永遠朝向無垠、浩瀚的藝術長空，是朱銘先生一貫的信念，《太極系列》正深刻體現出此道理。〈太極銅雕〉置於中大校園內，則時時提醒著我們，學無止境，須

常懷謙虛、好奇之心以應萬物，追求學術的真理，找尋人生的價值。[9]

　　設置〈太極銅雕〉的因緣起於1988年中大舉辦全國第19屆大專運動會，當時余傳韜校長和同仁先於幾個地方參觀運動設施，發現有朱銘先生太極系列的作品展示，經友人介紹與朱銘見面，後承朱銘慨允為中大設計大型作品，並邀請朱銘至中大，由學生社團「太極拳」前社長曾臺生表演，拍攝照片供其參考。現今，校內除了大草坪的〈太極銅雕〉外，總圖書館上了2樓樓梯口有一小型的〈太極銅雕〉，依仁堂的噴水池上也有〈太極銅雕〉，下次經過，不妨多留意看看。　　　　　　　　　　　　　　　　（羅健祐）

教學研究綜合大樓暨大講堂

　　延著木葉掩映的林道，再次與百花川同遊校園之中，方正如「口」型的中正圖書館對面，是於2020年啟用的「教學研究綜合大樓暨大講堂」。該大樓以「松果」孕育智慧種子為設計概念，主體建築前方後圓（面向依仁堂），兩兩相互輝映，如此獨特的造型設計，也使教學研究綜合大樓在2021年10月登上由中華民國建築師公會全國聯合會所出版發行的《建築師》雜誌封面。

　　教學研究綜合大樓暨大講堂是中大在臺復校以來最大工程，其前方方型建築稱「教研大樓」，地下1層、地上5層，主要用於教學、行政及各中心之據點；後方圓形建築則稱「大講堂」，遠觀之猶如一顆松果，無時不回應著中央大學以「松」為精神的象徵，其內部可容納1500席，設有獨特的聲學設計，不僅可用於教學活

教學研究綜合大樓暨大講堂。（秘書室提供）

2021年10月《建築師》封面。
（取自《建築師》雜誌官網）

昔日大禮堂景象。（中央大學73級畢業紀念冊）

動，亦可使用於大型研討、頒獎典禮、表演展出等，位於大樓地下
亦設有可容納250車的停車場，以紓解停車問題。

　　今教學研究綜合大樓暨大講堂的所在地，在昔日是一棟「大禮
堂」，落成於1982年，在九二一大地震後檢核出屋頂塌陷、樑柱
斷裂，為安全考量而拆除，至2010年開啟教學研究綜合大樓暨大
講堂興建計畫，期間面臨承包商倒閉、未履約等波折，致使進度一
再延宕，歷經三任校長的擘劃，最終於2020年完工啟用，整體設
計引進「綠建築」觀念，符合中大校園綠能、環保、永續的發展的
精神。

　　「羅家倫講堂」位於教研大樓一樓，是為永懷羅家倫校長而設
立。羅家倫於1932年至1941年間擔任中央大學校長，其接任時正

羅家倫講堂正門。（鄧曉婷攝）

　　值九一八事變之後，面對日本侵略行動、西遷重慶等難題，中大內部甚至一度面臨解散危機，正是在此艱苦的十年間，羅家倫力於整頓校園，招攬名師，興辦學科，延續民族文化教育，方使中大挺過最艱難的時刻，延續至今。

　　1985年，以羅家倫之字為館名的「志希館」完工，是為中大第一棟誌念羅家倫的館舍；2016年5月28日，時逢中大101週年校慶，校方特別舉辦「羅家倫講堂」命名揭幕儀式，邀請羅家倫之女──羅久華教授蒞臨中大同慶，並頒予感謝獎座，表感恩之情。

　　羅久華教授繼承其父精神，積極於教育，慨捐獎學金，中大成

羅家倫講堂，左側為年表，右側為作品集錄。（梁俊輝攝）

中大101週年校慶舉辦「羅家倫講堂」命名揭幕儀式。出席貴賓
（左起）：劉振榮副校長、李羅權校長、羅久華女士、周景揚校
長、劉兆漢校長、劉全生校長。（秘書室朱韻璇攝）

立「羅家倫校長紀念獎助學金」提攜學子；又設立「羅家倫校長年
輕傑出研究獎」獎掖優秀學者，不僅中大，政治大學與美國密西根
大學目前皆設有羅家倫紀念獎學金，而這些獎金的由來，多是羅久
華義賣其父留下的字畫所得，可謂羅氏兩代人為教育貢獻良多。

　　羅家倫講堂入口處左側設有〈羅家倫講堂記〉，上方「羅家倫
講堂」五字是羅家倫的墨寶，集自《心影遊蹤集》，步入講堂，
左側可見羅家倫年表，右側則是其作品集錄。至今，羅家倫講堂
已辦過數次大型活動，如2021年的「挺進南北極──人文與科學
對話」、2022年的EMI系列講座「我在清華大學全英語授課的二三

事——兼談對日本兩所新設大學推動國際化教育之觀察」、「永續與去碳科技」論壇等等。

羅家倫的帶領中大的十年，後人稱為大陸時期中大的「黃金十年」，被譽為「民國最高學府」，如今戰事已遠，中大在臺復校已六十年，懷想羅家倫對教育的熱忱，唯抱持不負當下的決心，方有未來之豐沛。　　　　　　　　　　　　　　　　　（林佳樺）

1　《中大校史》（臺北市：二魚文化，2005年6月），頁17。

2　同前註，頁18。

3　同前註，頁19。

4　《百年中大校慶特刊》（桃園市：國立中央大學，2015年6月），頁172。

5　張其昀編《郭秉文先生紀念集》（臺北市：中華學術院，1971年9月），頁1。

6　同前註，頁3。

7　戴運軌〈二十七年來的回憶錄（三）〉，《八十回憶錄》（臺北市：臺灣開明書局，1979年），頁31。

8　陳其寬先生的生平事蹟，參鄭惠美《一泉活水：陳其寬》（臺北市：INK印刻出版有限公司，2006年）。

9　朱銘先生的事蹟與理念，參潘煊《朱銘的祕密花園》（臺北市：天下遠見出版股份有限公司，2001年）。文中朱銘之語引自此書頁70、147、148；朱銘美術館官方網站：https://www.juming.org.tw。

| 流域三 |

國之鼎

林佳樺　／國立中央大學中文系碩士生
林育萱　／國立中央大學數學系碩士生

（江雅慧繪）

志希館。（梁俊輝攝）

　　循著那條松濤連綿、花落生姿的長長步道而來，香屑松果伴隨耳畔流水聲映入眼內。見過荷花池鮮妍的姿態，看過錦簇花團在日陽底下的活力，百花川以它悠然平和的步調，帶領吾人靠貼近中央大學的點點滴滴。

志希館

　　走過教研大樓，百花川步道沉浸在歲月古樸的綠意中，靜靜舒展顏色。寬廣的大草坪上，時有學子活動、孩童嬉戲；另一側則是中大太極銅雕一景，在百花川潺潺流過的水聲中，向一棟矗立於綠

林之上的磚紅色建築物延伸而去，即是「志希館」。

「志希館」於1983年6月動土，建成於1985年，樓高十一層，大樓正門上方設有前總統嚴家淦之題字「志希館」，主要為電子計算機中心、管理學院之教學、行政、研究中心及產業經濟研究所使用，又稱「資訊館」或「管理學院一館」。

其中，位於志希館一樓的電子計算機中心成立於1975年，原隸屬於教務處，後於1986年改為一級單位。1990臺灣學術網路創建，電算中心承擔桃園區網中心的管理及維運工作，並且協助桃園、金門及連江等教育局建置中小學的縣網中心。在同仁的努力下，連續於2018、2019、2020年獲得教育部區網中心評核「特優」殊榮。近年來，除了建置完善的硬體設施外，更積極推動校園e化及行政e化的政策，對校園助益良多。

在志希館進門後的右手邊，是一間大型的終端機室，有80部電腦開放供全校師生及校外人士上機使用，並配有印表機和掃描器。在個人電腦尚未普及時，這間終端機室是學子上網、處理作業的好去處。不管任何時候經過，終端機室滿滿是人，要搶到位置，可真是要碰運氣，現在，人人有筆電，使用人數大為降低，但終端機室依然存在，默默地承擔應盡的責任。

羅家倫（1897-1969），字志希，祖籍浙江紹興，生於江西進賢，1932年就任中央大學校長。本館題名「志希」二字，藉以感懷羅家倫校長對中央大學之貢獻，亦傳達其治學精神，期許學子掌握「知」的力量，於各領域發揮所長。

羅家倫在青年階段所受的高等教育，可分作兩個時期：[1]其一是在北京大學就讀，自1917年至1920年，為時三年；其二為進入

美國普林斯頓大學、哥倫比亞大
學，以及歐洲各大學研究院，輾轉
至1926年返國，歷時約七年。

羅家倫校長。（校史館提供）

　　北大時期，時值蔡元培擔任校
長，開學術自由之學風，其主張：
「循思想自由的原則，取兼容並包
主義。」[2]在開明的政策下，包括
陳獨秀、胡適之、劉半農等為後人
所熟知、在當時富有新思想的人
才，陸續進入北大任教。羅家倫
正是在這股潮流萌發之時，進入北
大。

　　羅家倫對於蔡元培之敬仰溢於言表，而蔡元培也十分重視羅家
倫，不單委以編纂通史、民國史、歷史辭典等工作，更在羅家倫與
傅斯年一同創辦《新潮》月刊時，同意以北大補助相關經費，同時
也提供文章在月刊發表。[3]透過《新潮》月刊事務、刊載內容的交
流，羅家倫與蔡元培之情誼，早已超越一般師生。

　　羅家倫在北大主修外國文學，然他興趣廣泛，文史哲皆有涉
獵，即使投身於新潮文學思想，也不排斥守舊派師長開設的課程。
師生間切磋問學，教學相長，乃當時北大之特色，尤以1918至
1919年風氣最盛，羅家倫便是受益者。[4]

　　同儕之中，羅家倫與傅斯年交情甚篤，兩人科系雖有別，但都
是求知若渴、勤勉向學者，共同修習多門跨領域課程，也就時常一
同至師長家中問學請教。彼此脾氣性格一弱一強，可貴的卻是那

分交往間的真誠,即使拌嘴嘔氣,始終不曾影響情誼。[5] 傅斯年之外,還有初期在《新潮》一同打拚的夥伴楊振聲,以及五四運動時結交的段錫朋等人,良師益友在側,豐富羅家倫的思想,深刻生命色彩。

1920年秋,羅家倫赴美,展開長達七年的留學旅程,在普林斯頓大學研究歷史、哲學,隔年則前往哥倫比亞大學,向杜威、伍德瑞治、海斯諸教授學習,拓展學術視野。雖身在異鄉,羅家倫仍十分關心國家,期間結識蔣廷黻,討論關於中國史學研究之方法。三年後,羅家倫前往德國,進入柏林大學歷史研究所,也在其後幾年間,於英、法遊歷,蒐集中國近代史的資料,後來以此留學經歷所得,逐步完成《中山先生倫敦蒙難史料考訂》。[6]

剛好在這段時間,羅家倫對於太平天國史產生濃厚興趣,同樣展開了資料的蒐集與梳理,並連同幾位好友自各國抄印回來的數種資料,進行研究,帶動了時人對太平天國史的探索與討論。[7]

因對史料的關注,羅家倫在巴黎時便提出針對蒐羅史料、購置相關出版書籍的計畫,希望藉此累積未來研究能量,以利進行系統性的中國近代史研究,以此眼光倡導並率先推動計畫者,羅家倫應屬第一人。[8]

返國後,羅家倫擔任東南大學教授,開設中國近代史課程,也曾於中央政治學校教授「中國近百年史」;之後擔任清華大學校長、中央大學校長時期,皆對中國近代史高度重視,列為必修課,並向歐美學者傳達關於中國近代史新見解、新觀念,推動中國史學發展。

羅家倫任校長時,是穩健踏實的掌舵者,亦是充滿熱忱的授業

之師；在求學問道的路上，他開拓心胸眼界，吸納不同學識領域，凝鍊出自己的治學方向。雖為新文學運動健將，他的創作不乏舊詩詞；作為一個學者，推動中國史學研究，重視歷史資料的考證，並積極向外交流。

小木屋鬆餅舊觀。（校史館提供）

羅家倫聰敏博學，我們未必能企及，可是他赤誠堅毅的處世心態，卻值得我們學習。不一定是為了文學、史學，也能是各種領域、各種行業，那顆流轉不息的學習之心，正是「志希」給我們最好的典範。

位於志希館外的小木屋鬆餅，是人氣超夯的地點，平日提供師生輕食用餐的考量。假日，前方的大草坪擠進許多遊客，為了填飽肚子，擁有最佳位

裝修後的小木屋。（梁俊輝攝）

置的小木屋鬆餅常可見到排隊人潮，各樣多樣口味的鬆餅、點心和飲料，滿足人們的味蕾，還提供座位，可稍作小憩。小木屋鬆餅於2022年寒假間重新裝修，成為了一棟白色「小鐵皮屋」，提供了更多座位。　　　　　　　　　　　　　　　　　　　　（林佳樺）

國鼎圖書資料館

李國鼎。（取自國鼎展示室）

「國鼎圖書資料館」是劉兆漢校長為感念傑出校友李國鼎（1910-2001）對臺灣經濟發展貢獻良多而興建的大樓，由中央大學自行籌建，落成於1999年10月，與志希館僅隔一中庭廣場，同享百花川步道紛沓而至的松濤碧綠，雖已不近水聲，然其建築以乳白為主色，兩側植被各自綿延，亦是一景。

位於國鼎圖書資料館七樓的臺灣經濟發展研究中心，主要用於主持館務及持續研擬臺灣經濟發展策略，並進一步發揚臺灣經濟發展經驗，以期成為國內外研究臺灣經濟發展之重鎮。該中心每月都會發布消費者信心指數，提供社會大眾瞭解消費者對經濟環境的信心強弱程度。

一樓設有「國鼎展示室」[9]，以妥善保存李國鼎相關文物，包

國鼎圖書資料館。（梁俊輝攝）

國鼎展示室。（鄧曉婷攝）

含手札、手稿及各項獎狀證書等，同時也提供借閱書籍服務，館藏約四萬冊，由李國鼎捐贈之書籍高達九千餘冊；除此之外，李國鼎於臺灣經濟發展方面的資料，亦有全面的收藏，如其演講稿、會議記錄、書面報告等，以及著作、論述、政府機關往來公文檔案皆有，依據李國鼎執掌經濟要位時代，進行歸檔。

另一方面，對於國內各機關出版的經濟統計，或該時期專業經貿報章雜誌，進行蒐集，以此貼近李國鼎所處之時空環境，了解當中深遠而富含積極性的意見。

李國鼎來臺前後進入財經領域，參與國內諸多經濟政策規劃，

如進口替代、民營工業之施行，完成台泥、台紙、臺灣工礦、臺灣農林四大公司轉為民營，對於五十年代臺灣經濟轉型有著極大貢獻。

1965年，李國鼎上任經濟部長，兼任經合會副主委，面對美國經援停止、國際糖價暴跌的兩大困境，積極爭取日、美進出口銀行之貸款，加緊腳步推動各項建設，不僅度過了可能的經濟危機，還使得出口率、經濟成長率逐年攀升。

在帶領臺灣走出當時的經濟困局後，李國鼎於1976年，奉調成立「應用技術研究發展小組」，以引進高等科學技術為主，推動國內科技發展，協助各部會進行研發，更進一步穩固臺灣經濟。當時，為擬定未來科學技術發展走向，李國鼎協同科學委員會邀請近兩百位專家、學者、企業家，以及行政部門負責人，召開「第一次全國科學技術會議」。[10]

會議提出我國科技發展三目標、七策略，及兩百五十餘項相關措施，包括建立四大重點科技，即能源、材料、資訊、生產自動化，設立新竹科學園區，廣納海內外專業人士，並建立科技顧問制度，對於七十年代後的科技產業發展，影響深遠。

其中，資訊工程一直是李國鼎相當關心之事。成立小組之後，先是協助國科會進行大型電子計畫，支持臺大、交大、清大、成大四校研究積體電路製造與應用技術，接著陸續推動電腦硬體、軟體發展。1979年7月，成立財團法人資訊工業策進會，為此李國鼎邀請工研院院長方賢齊、中歐貿易促進會秘書長曹維嶽、經建會部門計畫處副處長楊世緘等人，一齊研擬〈計算機應用及推廣與工業發展芻議〉，[11] 隨後請民間企業捐款七千餘萬，連同政府出資五千萬

元，始得成立。

不僅協助政府機關實行電腦化，並開展電腦資訊業務，也致力於培育資訊領域人才，及向社會大眾推廣資訊觀念，並於隔年推出第一屆中華民國資訊週，歷時兩年推展與籌備後，進一步擴大為資訊月，巡迴全國帶動資訊知識之普及，也舉辦多項研討活動，長達二十餘年，為今日臺灣資訊科技之發展，奠定良好的基礎。

1982年，第二次全國科學技術會議在二月召開，一共三百六十餘位相關領域、部門人員參與，此次決議內容，除提升科技經費外，增加了生物技術、光電、食品、B型肝炎防治的四個重點科技，並且配合科技人才之需求，也擴大了相關科系招收博士、碩士的名額，制定國防役條例等。針對延攬國外人才方面，不僅提供優厚條件，李國鼎還親自赴美，會見兩千多位華裔科學家、工程師，希望爭取他們回國服務。[12]

其時，李國鼎年逾古稀，然其始終堅定的態度與積極的行動力，一如當年，處在國家經濟複雜的局面裡、面對飽受災害之苦的人民，殫精竭慮，只為未來的每一步，紮實耕耘，厚積薄發，在腳下的土地上，開展新的道路。　　　　　　　　　　（林佳樺）

鴻經館

在校地西邊，佇立著淡粉磨石表面的建築群。如果順著主幹道走去，看得出來鴻經館地勢低些，在斜坡旁設有無障礙坡道，走完斜坡便是館前廣場；而正門上方，醒目之黃色凸字寫著「鴻經館」。停車場之外，周圍草木綠意盎然，還有「MATH」的立體字

鴻經館。（陳文龍攝）

鴻經館門前的小庭院。（梁俊輝攝）

周鴻經校長。（校史館提供）

樣。綴著些花兒——春天和校園他處一塊兒綻放的紅櫻及紫藤，夏天有藍花楹、黃金鐘鈴花和倒掛長串的阿勃勒——自然芬芳中讓人預備好精神，抖擻踏入室內。

「鴻經館」為紀念周鴻經校長而命名，周校長是民國初年的數學家、教育家。於英國倫敦大學留學，導師為L. S. Bosanquet，在學術生涯上，對於推動傅立葉級數在我國的傳播、研究和發展起了積極作用。1937年，他以《解析函數模之平均值》、《劣諧和函數》兩篇論文，被授予特優星之理科碩士。然未等修完博士學位學分，報國心切之下旋即回國，受聘為國立中央大學數學系教授。

這一步向中原的戰火走去，幾乎諭示了其往後在動盪克難中，為國家高等教育與學術發展挺立的心志。職位從教育部高等教育司司長，到國立中央大學教務長、校長，當中步步維艱，時局百廢待興，非常不易，至1949年國民政府遷臺，周校長去職前往臺灣。

此後，周先生扛起總幹事的擔子，辦理中央研究院遷臺南港，並親任中央研究院數學研究所所長、兼職臺灣大學教授。延續動亂後的內外煎逼，起初在臺諸事克難，為續知識與學術傳承，勞神交瘁；感到凝聚集體力量的重要，籌組「中國自然科學促進會」，眾人推其為首任理事長。這一興辦，對今日臺灣科學蓬勃發展有深遠影響。而於美國的學術差旅之末，竟因肝癌溘然長逝，方年

五十五；其實因其過往質量豐富的論文發表，倫敦大學已預備授予科學博士學位，卻是這樣的消息，「學界共悲聞噩耗，士林相顧失斯人。」

　　往後中央大學復校，成立數學系，位於鴻經館一至四樓。2019年，將大學部分為數學科學組及計算與資料科學組。數學學門古老而悠遠，在根基之上，今日我們繼續著許多精彩的研究。另外系上師長提到，教育的改革亦與時俱進，無論是美國提出的STEAM教育理念與臺灣108課綱的核心素養概念，強調的是教育應讓其能活用知識和技能來解決問題，作為一科學基礎科目，數學素養更是舉足輕重；在更多跨領域整合之中，提供受過嚴謹訓練的數學人才，推動時代巨輪下更多新興學門及其產業的發展。

　　系上空間除了教室、研究室、系辦公室之外，也有學術研討及演講場地，講學活動不輟；電腦室內軟硬體完善。值得一提的是，數學機器人實驗室創立於2018年，是臺灣第一個設置機器人教學實驗室的數學系，此空間亦為該系的創意空間──機器人創點子。於2018年開始執行「AI Maker Lab建置與推動」計畫，將人工智課程結合機器人平台，以理論和實作並重的創新教學提升學習效果。服務學習中還有包括，大學生教導如何寫程式控制機器人。

　　統計研究所位於鴻經館四至七樓，為臺灣最早之獨立統計所，淵源甚早，而今教與研皆蓬勃發展，且力求提升研究領域之廣度及深度。專業精進之外，每年大專院校生之統研盃，所上所有同學，都會由老師帶領一起參加。

　　數學系及統研所，各有專屬圖書室空間，藏有大量書籍報刊。而數學系圖書室位於一樓，門口附近有周鴻經先生之畫像。此外一

樓還有大黑板與桌椅，形成一討論區，與畫像隱約相望，周先生似乎還在中大數學系，為我們守護將來的未知。　　　　　　（林育萱）

健雄館

　　雙連坡的天空時而晴朗，時而迷濛。映照在中大湖畔，草木和諧，水光之中極為怡人。停下學習的腳步，在中大湖晃晃，有時是人群說說笑笑，三五好友，或者獨自一人悠然散步。隨處可見的小動物，樹上是穿梭的松鼠，湖裡是魚兒和烏龜，更有鴨與鵝，或遊走或嬉戲——牠們很容易集體親近人，因為同學可能最後一口麵包屑，會賜予給牠們。健雄館比鄰在旁，是一L型建築物，基色大抵是以白瓷片為主，有規律地錯置粉色矩形，風水明亮，涵養源源不絕的研究能量，孕育無數人才。

　　這棟原名為科學四館的建築，為紀念中大傑出校友吳健雄而更名為「健雄館」，2012年欣逢吳健雄百歲冥誕，中央大學於12月10日舉辦吳健雄百歲紀念會暨「健雄館」命名典禮，科學界許多重要人士，諾貝爾物理獎得主丁肇中、張石麟、李羅權、李世昌、黃鍔等院士、加州理工學院葉乃裳教授、東吳大學劉源俊教授、國家同步輻射中心劉遠中教授、中科院荊溪暠博士等，還有許多本校師生出席，場面溫馨而莊重，大家一起向物理科學的第一夫人致敬。

　　吳健雄最為人知的重要成就就是1956年以實驗方法證實了楊振寧和李政道所提出的宇稱性在弱交互作用中不守恆的想法。也因此，隔年楊振寧和李政道獲得諾貝爾獎物理學獎。由於吳健雄在物理科學上有傑出貢獻，獲得了「中國居禮夫人」、「物理研究的第

健雄館。（梁俊輝攝）

健雄館揭牌，貴賓雲集。左起：李光華、張元翰、荊溪昱、李世昌、李誠、丁肇中、李羅權、張石麟、葉乃裳、陳培亮、黃鍔。（物理系提供）

吳健雄。（取自維基百科）

一女士」、「核子研究的女王」以及「世界最傑出女性實驗物理學家」的美譽。

健雄館一至七樓是物理學系，八、九樓是太空科學與工程學系，九、十樓是天文研究所，此外還有眾多相關研究中心、實驗室。特別的是在一樓，有一個屬於物理系的秘境──實驗物理展覽室，內有字報與各式自製的實驗架設、多媒體裝置，展示大一、大二學生在「實驗物理課」的學習歷程與成果作品，由曾獲德國紅點設計獎的設計師操手設計展場，黑色牆面與展覽室外白色簡潔的長廊，形成對比，似乎要讓人來一場身歷其境的科學冒險，汲藉精巧的打光，光源讓每一件展設彷彿端到觀者

面前，聚焦在一個又一個實驗主題下的學習故事。

　　「實驗物理」是初入中央物理大門的基礎探索課程，非常充實難忘。從預報開始的文獻調查，自主學習與團隊合作，英文書寫及口頭報告等形式，至實驗儀器操作，融入電機系的基本電子學、機械系的機械加工、電腦程式與數學工具作為協助，學習設計並執行實驗。而後有選修的「實驗專題」，進入系上教授主持的實驗室參與研究，在過程中探索自己未來的發展方向。當實驗得到想要的成果，原本漂亮卻虛無縹緲的物理理論，也變得具體起來。兩門課最終都會在一年一度的「物理小年會」，讓學生上台發表研究成果。師長親力親為的指導、學長姐的熱情相助、同甘共苦的同學，與自我精進之下，大夥一同創造了青春中，學習物理學問的盛事。

　　太空科學與工程學系於2020年成立，是目前臺灣唯一太空科學與工程並重的完整高教培育鏈，在太空科學研究與教育之廣度與完整性皆為獨一無二。新興設立的特殊科系，一時吸引無數媒體曝光，然其歷史悠久，是一開始在臺復校時就成立的中大招牌；而1968年始，大學部一直就於大氣科學學系下之一組。在「太空任務設計」研究所課堂上，同學分析、討論衛星系統設計，甚至實作小型立方衛星。先前「飛鼠號」的多方設備與技術，皆由中大團隊自製，搭配外購的通訊及姿態控制次系統，再由團隊學生學習操作，後續也由學生飛控。

　　近期，改良自「飛鼠號」的衛星，將進一步挑戰「深太空」，前往月球表面，為臺灣太空研究立下新的里程碑。2020年「衛星任務作業中心」揭牌啟用儀式，就在健雄館頂樓，有新安裝的3.4公尺直徑碟型天線，可追蹤自製的人造衛星——是臺灣之大學校園

裡最完整的太空中心，涵蓋地面作業中心和接收站。伴隨通訊網路科技發展，衛星導航、通訊及飛行的太空天氣的監測與預測重要性也日益增加。太空系期待培育新一代有能力動手設計、整合、操控人造衛星的太空系統工程，以及能夠規劃、執行、應用衛星任務及資料的太空科學人才。

　　天文研究所成立於1922年，是臺灣最早成立之天文相關研究與教學單位，培育課程亦最為完備。學習天文學，需要不斷追逐與翻新最新穎的學問，在健雄館頂樓設有一專供學生天文觀測教學使用的天文台，與同在頂樓的衛星控制站左右相望，而聞名遐邇的鹿林天文台，也為天文所擁有，為師生提供了研究的基礎設備與一手資訊。

　　夜晚星空璀璨，然更璀璨的是它的名字——健雄館，紀念核物理女王吳健雄。在世界局勢緊張的今日，再度憶起「穿著旗袍造原子彈」的傳奇，一位亞裔女性物理學家通過不懈的努力與勇於挑戰困難，因而在1956年的鈷60極化實驗，證實宇稱性在弱交互作用中不守恆。以館舍之命名，向後代的學子傳播其精神，兢兢業業於前人之路，繼續開拓不思議的天空。　　　　　　　　（林育萱）

1　李瑞騰、莊宜文主編《羅家倫與五四運動：史料篇》（桃園市：國立中央大學，2019年4月），頁246。

2　同前註，頁247。

3　同前註，頁248。

4　同前註，同248。

5　同前註，頁250。

6　同前註，頁276。

7　同前註，頁276-277。

8　同前註，頁277。

9　參國鼎文物展示室網址：https://www.lib.ncu.edu.tw/kuo/kuo-room/kuomain.php（瀏覽日期：2021.6.29）

10　李國鼎先生紀念活動推動小組編輯《李國鼎的一生》（臺北市：李國鼎科技發展基金會/臺灣李國鼎數位知識促進會，2004年），頁140。

11　同前註，頁150。

12　同前註，頁151。

附錄：
百花川詩文選

收錄在這裡有關百花川的詩文有幾處來源，首先是我主編的《雙連坡上——中大美景寫作集》（2005），當時以徵文進行，我們選了其中六篇；其次是《百年中大校慶特刊》（2015），我也是該特刊的主編，當初亦向校友和在校同學公開徵稿，入選文章收錄在特刊輯伍「愛·生活·學習」中，我們在這裡選了其中三篇在校生的作品；接著是最近新的中大十景公布所促成的稿件，發表在《中大校友通訊》，選取三篇；最後是近年舉辦的「百花川詩獎」得獎作品，凡二首。我們相信，這一類的寫作永遠不會停歇，因為百花川已成為中大人共同的記憶。　　　（李瑞騰）

142　百花川　　　　　　　　　　　　　　　　　林　倞

145　百花川　　　　　　　　　　　　　　　　　黃正明

148　百花川　　　　　　　　　　　　　　　　　商文聰

152　百花川與我　　　　　　　　　　　　　　　黃靖嵐

155　百花川之美　　　　　　　　　　　　　　　黃瑜君

158　走過百花川　　　　　　　　　　　　　　　黃啟峰

162　百花，穿　　　　　　　　　　　　　　　　曾心民

166　百花川的旋律　　　　　　　　　　　　　　黃郁容

170　松蔭百花　　　　　　　　　　　　　　　　林家文

173　百花川的爛漫　　　　　　　　　　　　　　張可昀

176　走過百花川　川流不息的彼端　　　　　　　王立言

179　百花川之夢　　　　　　　　　　　　　　　歐陽亮

182　百花川語　　　　　　　　　　　　　　　　陳筠欣

185　乞巧百花戀　　　　　　　　　　　　　　　彭意儒

百花川

林 倞

　　研究所入學時間是在盛夏，我品嚐到百花川的美，卻要早了好
幾個月。冬天，我還是大四學生的身份，為了參加中央這邊研究所
的聚餐遠道而來。其他好朋友們也藉著這個機會到中壢一遊。那是
個可以呼風喚雨的歲月，也剛好一個同學來中壢找工作，聲援的伙
伴們，竟有十人之眾。

　　午後，我們從台北火車站出發，在中壢換了二路公車，我和他
們一樣，還只是個陌生人，跟著中大的學生後面，在依仁堂前下
車。那天下了點雨，溼溼冷冷，一直是我根深柢固的印象。離實驗
室的聚餐還有一兩小時的光景，我們要去見識見識這裏有名的宵夜
街。我充當半調子的導遊，自己一無所知，僅有手上研究所甄試簡
章的地圖，走過大禮堂旁的小路，我們來到貫穿中大校園的中心道
路──「百花川」。如果你到過像阿里山裏，大樹下蔽不見日的悠
悠小徑，你就能體會為什麼我的第一印象，也把中大當作一座森林
看待了。陰雨的天氣很巧妙地把那天佈置得一如山林的幽暗，溼漉
漉的水泥路上夾雜著松樹葉的氣息，吸上一口氣，不正是那特有潮

2015年聖誕節點亮百花川。（國立中央大學新聞網）

溪裏的清新嗎？再來是潺潺流水聲，這裝得更像了，若你不刻意低頭去分辨百花川人為的加工，乾脆像看印象派的畫作那樣瞇著眼前行，這樣就可以忘卻研究所辛苦的磨練了。親愛的朋友，我必須一個人留下來了，雖說等會兒中壢夜市見，但學期過後各奔前程，畢業再讓我們重新聚首吧。

　　在我開始研究生生活的暑假，校園裏是不太找得到食物的，理學院的學生，要越過整個中大校園去覓食，到後門的街上，或是大名鼎鼎的宵夜街去。很快的，不出兩個月，照三餐吃，宵夜街的食物便失去了新鮮感，百花川也從夢幻的森林小徑，變成日常生活裏必經的要道。開學了，我的生活多了一項樂趣，中午十一點五十的

下課鐘聲後，騎單車穿梭在人滿為患的百花川上。我聽過鄉下孩子
在人群裏倍感壓力的故事，而我生在台北，「人群」關聯著「故
鄉」，喜愛台北捷運地下車站裏的尖峰時刻，百花川上磨肩擦踵的
青春洋溢同樣吸引著我參與其中。

　　聖誕節，是百花川最美的時刻。兩旁樹幹上纏繞的燈海，從志
希館前一直延伸到招待所的盡頭。「浪漫」這個字眼會不會因為太
常被使用而變得俗氣呢？我們姑且依舊稱其為浪漫吧。浪漫，燈海
圍成的浪漫，時節加諸在百花川上的浪漫，漫步的情人指間的浪
漫，女孩口中驚奇的浪漫……。一年之中生在什麼時候最幸福呢？
我以為就是聖誕節前後了，所有人都像是要幫你慶生呢，你的周圍
免費地變得華麗，連溼冷的百花川也變得溫暖起來；就是差個幾天
錯過當「七年級生」的機會也是值得的。

　　百花川，我走了。妳是我對中大的第一印象，也是我離開前想
最後再看一下的老朋友。妳見證了我成為中大一份子的喜悅，見證
了我實驗室之外的藝文生活，見證了我的日漸茁壯；還有那無疾而
終的甜美愛情……。

錄自《雙連坡上——中大美景寫作集》，頁23-25
作者時為化學系研究所二年級學生

百花川

黃正明

「百花川」──不論年齡與學制，百花川應該是所有中大人的記憶中不可磨滅的，而且也是在中大的求學生涯中永遠難忘的一段路，多少個晨昏，我們曾經在這段路上匆匆走過，多少個季節，我們在這段路細細品味，品味百花川的美，品味百花川的靜，品味百花川的韻，品味百花川的變。

身為中大人的你，是否曾經注意過一年四季的百花川有什麼變化？從春天的百花盛開，到夏天的松濤怡人，從秋天的落葉繽紛，到冬天的萬燈齊放，百花川的千變萬化，串起了一年三百六十五天的生活，百花川的流水，也串起了中大人在生活中的點點滴滴，心情低落的時候，我們走在百花川大道上靜靜療養，心情高興的時候，我們走在百花川大道上心情飛揚，儘管百花川大道上人來人往，或許正在上課的途中，或許是在下課的途中，或許是情侶們互訴衷曲，或許是三五好友們談天說地，每個人臉上的表情都不盡相同，每個人心中的情境都不盡相似，但是同時走在百花川大道上，那就是一種緣份，也就在命運的某一個節點上，所有的路人都聚在

百花川。（中央大學70級畢業紀念冊）

這裏，為百花川的存在作見證，而百花川也為中大的歷史作見證。

如果用「多采多姿」來形容白天的百花川，那麼用「溫柔婉約」來形容百花川的夜晚便再好也不過了，不同於白天的熙來攘往，當夜幕低垂時，百花川的過客便漸漸少了，但是日落後的百花川依然有著充沛的生命力，首先是百花川的水聲，或是奔騰放肆，或是潺潺低吟，百花川的水聲總是最忠實的主人，靜靜地陪襯各種生命之聲。第二種聲音便是風聲，當風吹過樹梢，穿過枝椏，那種寧靜中帶著力量，移動中帶著靜肅的聲音，無疑地是最佳的伴奏。接著上場的就是主角了，仲夏季節裏，蛙鳴蟲嘶，此起彼落，為溽暑的夜晚注入一絲涼意，臘寒時節裏，螽斯齊鳴，鈴聲處處，更為凜冽的冬夜添加一股暖流。

心動了嗎？現在就移動你的雙腳，親自到百花川去體驗一下，也為自己的中大求學生涯留下一頁美好的回憶！

錄自《雙連坡上──中大美景寫作集》，頁26-27

作者時為企管系研究所二年級學生

百花川

商文聰

　　這一天，溫度有點涼涼的，從綜教館出來時，天色已經有點昏暗了。這一天，我看見一個人，一個我暗戀已久的朋友，她出現在我的眼前。

　　印象中，每當我經過百花川時，我總是會發現到她的身影，她手上拿的書，代表著她的執著；她牽著的那台車，代表著她的依靠；她那多層的眼眸，代表她對事物的看法。她對我來說，就是百花川的女神，光芒耀眼，讓我不敢直視她。

　　其實我們很早就認識了，她是我社團的夥伴，大家都叫她晴，慧點的眼神加上靈巧的口才，早已是大家心目中的完美情人，不過這並不是重點。

　　這一天的天氣特別昏暗，空氣中有股淡淡的柏油味，我知道可能會下雨，細心的我，帶著一把傘，自告奮勇地向前走。這一次，她沒有拒絕。

　　這是一趟令人深刻的旅行，至少，對我來說是如此。平時的我，並沒有閒暇觀賞路邊的景色；但這一天我卻出奇地專注於週

遭，因為看著晴，我會緊張。

　　環顧左右，松濤這兩個字名符其實，微風吹彿，把松樹拍得沙沙做響，也吹起了晴的飄逸長髮，那幾絲在風中消失的頭髮，似乎也偷偷地在牽動著我的心。今天的風似乎特別頑皮，一連下了好幾陣的松果雨；今天的松果也似乎特別頑皮，一連打了我們好幾頓的滿頭包。我們很高興地一邊躲開天上的襲擊，也一邊防止被地上的松果扎傷。直到我們玩累了，百花川都還沒走到一半。晴提議一起坐在椅子上看著路過的行人，我則輕輕的點了頭，也不知道那真的是我個人意志下的反應，還是松果的拍打！反正我的頭稍稍動了一下表示同意。

　　此刻的椅子特別地有溫度，想必是前一對在此刻休憩的情侶，心心相印所留下來的。我和晴就在這個椅子上，看著每個下課趕回去宿舍的人們，有的人帶著沉重的腳步聲；有的人則是按著車上的鈴鐺，試圖把前面佔著路口的霸主們趕到一邊去；還有一些怪怪的人，一直盯著路上的漂亮女生，但當他們看到晴的時候，也會看到我忙著惡狠狠地丟出的衛生白眼。

　　晴說：「你知道嗎？百花川只是一條水溝，可是你有看過它溪水暴漲的樣子嗎？」「我沒看過，會有這麼一天嗎？」我答道。

　　在下一刻，我就知道答案了，因為，雲很不爭氣地掉了下來，溪水嘩啦啦地，就這樣下起了滂沱大雨。我得意地拿出了我特製的超小雨傘，為我這個特別的朋友遮風避雨。

　　這雨來得快，但似乎沒有打算離去，反而是愈下愈勇，不一會兒，我就知道什麼是溪水暴漲的樣子。溪水真的很湍急，在百花川裏，可以看到無數的松果和著樹鬃被急流沖走。有那麼一瞬間我以

為是晴的頭髮，但後來想想，如果掉了那麼多頭髮，豈不是成了禿頭嗎？我笑了出來，晴發現了，好奇地問我在笑什麼？我低頭不語，一方面是我的愚蠢，另一方面是我的緊張。晴突然也笑了，換我問她在笑什麼，但是她只是用她慧黠的眼神看了看我，就沒再多說什麼了。

　　時間彷彿暫停了很久，雨也似乎下累了，它漸漸地停了下了，但是百花川裏的溪水，似乎還不打算就這樣平靜下來。晴拿出了剛剛發的期中考卷，說：「你知道嗎？小時候我看到船的時候就非常地高興，因為它壯闊的景象，可以讓我心情舒暢。」「恩？」我有點愣住，但她接著說：「我自從讀過沈復的紙船印象這篇文章後，我也愛上了紙船，雖然有各式各樣的紙船，但是我覺得拿期中考

百花川。（中央大學78級畢業紀念冊）

卷來摺成紙船，並讓它航向大海，特別愉快，你要不要也來試試看？」當她說完話時，她早已摺好了三艘紙船，看來她期中考似乎考得不是很理想。此時我會心一笑，也拿出了幾張白紙，一起和她享受著下午這段悠閒的時光。

船漂得很快，一下子，就已經到了百花川的盡頭，但是我們並不是垃圾的製造者，於是我和晴也快步地跑到了百花川的另一端，把我們那些分數欄已經被洗掉的考卷撿起來。我們相視而笑，但也很令人意外地，這唯一一次的百花川之行，結束得竟然這麼快。

後來，晴因故而離開了，百花川一直存在，雨也未曾停歇過。但是，只要下起了滂沱大雨，就可以看到一個人，拿著一張又一張的考卷，摺成紙船，在百花川，順流而下。

錄自《雙連坡上——中大美景寫作集》，頁28-31

作者時為電機系三年級學生

百花川與我

黃靖嵐

　　初初聽到「百花川」，是在剛進入中大的日子，因為老是尋找不到有關社團的相關消息，只好厚起臉皮去問學長，經過學長的指引，踩著松樹下的石階，我找著了百花川……。

　　百花川誠如其名，沿著水的流向，岸邊盡是五顏六色的花朵，尤其是日日春，開得好不燦爛！岸上是舒爽的林蔭大道，走進百花川步道，總是令人心曠神怡，忘卻煩惱，夾道還有大家的巧思，又或許是社團的招生廣告吧！邊上也總有些讓人驚豔的小裝飾物，把整個百花川打扮得令人眼睛為之一亮，尤其是聖誕節的前後，閃爍如霓虹般的造型燈，將步道覆上一片濃濃的節慶氣氛，使人倍感溫馨。

　　學校以樹木茂盛見長，每每吸引電視偶像劇的青睞，而到此取景，尤其百花川，是我最喜愛的校園一景，我喜歡整條大道上所散發出來的氣息，遠遠，就可以看見交錯且濃密的樹木，所構出如同隧道般的林蔭，樹木的枝枒相依偎，偶而還可看見幾隻可愛的松鼠，在樹梢末端跳來跑去的追逐，底下人來人往的十字路口，是學校行人交通的樞紐。而百花川，便靜靜地在一旁，陪伴著過路行人

百花川。（梁俊輝攝）

的喜、怒、哀、樂。

　　通常，因為趕赴課堂間的匆忙，易使人不留心，忘卻停下腳步來欣賞百花川的美麗，其實走在大道上的景觀，是非常迷人的！有時要和陌生人做個短暫的四目交接，享受突然遇見熟人的驚奇與喜悅，有時和三五好友們，邊走邊討論要去哪裏用餐，沿途的社團活動看板，也會成為眾人談天的話題，當然，遇上社團擺攤，舉辦活動的時候，也要前來參一腳，尤其我最喜歡買喜憨兒麵包了，真希望常常可以在百花川見到這樣的義賣。

　　而我，覺得最苦惱的一件事，就是當我要捧著一大疊的書，從工五館步行到圖書館去還書了，尤其在烈日驕陽下，要頂著一頭的酷熱和滿手的重擔，想到，心情就愉悅不起來，還好有百花川！當我走到百花川之際，就會覺得消暑許多，感受周圍和緩的氣氛，看看路旁的小花，頓時，彷彿書也不太重了，我還會刻意藉此機會將百花川繞了一下，再轉去圖書館，也成為我長久以來的既定路線，也讓我到圖書館的路途，因為有了期待，而不再感覺到苦惱。

　　我觀察到，戀人總喜歡在百花川一旁的行人座位上呢喃細語，似乎想將此良辰美景，停留到一世紀之久；一旁草坪上的一家人在野餐，父子練球，和樂融融。不論是一個人、成雙成對、還是一家人，百花川永遠張開雙臂迎接大家，靜謐地就在校園的一角裏，見證所有人的歡喜悲傷，隨時隨地，都準備要用其獨特迷人的氣息來征服你，只要你願意駐足欣賞，可以發現到，百花川的優雅與甜適，這便是我心中最美的校園一景了。

錄自《雙連坡上──中大美景寫作集》，頁32-34

作者時為客家社會文化研究所碩士班二年級學生

百花川之美

黃瑜君

　　我想，百花川的美，只有中大人才懂。

　　剛入學時，對我來說，百花川是一條重要的路標，因為它是上課的必經之路。即使如此，自己好像無法好好靜下心來仔細體會它的美，總是在奔波之中，就錯過了那片刻的美好。往往要在空閒時間，經過百花川，才能偶然的聽到樹梢鳥兒的啼叫，溝渠潺潺的流水聲，捕捉松鼠跳躍於樹際間的畫面，情侶共撐一把傘，在雨中甜蜜散步的模樣，以及不起眼的花朵在風中搖曳。這般的鏡頭，在我提筆寫下這篇文章時，一幕幕的浮現。

　　清晨的百花川，步道上灑落了一束束晨光，無論是正在慢跑的人或是散步的人，每個人臉上掛著微笑精神飽滿，不得不承認，能在晨間漫步於百花川，無疑是一大享受。常常會看到一對對的年邁夫妻，手牽著手散步於此，令人油然生起欣羨之感，能和自已年過半百的老伴一同攜手漫步在晨曦間，無疑是百花川另一種美景。如果是一個人，也不孤單，百花川旁草坪上的人們，肆無忌憚的做運動，絲毫不顧旁人眼光，做著誇張的伸展運動，不也是一種百花川

百花川與新民之道。（秘書室提供）

的插曲。

　　午後的百花川，是個避暑的好地方。枝葉遮蔽了熾熱的陽光照射，走入百花川猶如走入冷凍庫，一股透清涼的感覺油然而生。

　　傍晚的百花川，是個散步的好場所。涼風襲來，漫步於百花川無疑是一大享受。走累了，坐在川上的小板凳休憩一會，享受片刻的愜意。在小溝渠潺潺流水聲的陪伴下，似乎是彼此談話間的伴奏曲。

　　百花川不但是通往各個系所之重要道路，平常上課時段人潮擠的百花川，更是水洩不通，然而到了假日，百花川人群稀疏，它的自然，它的美，即被放大。

　　文字上的表達似乎無法完滿的述說百花川的美，她的美需要你來走一趟，深刻的體會一下吧！

　　　　　　　錄自《雙連坡上──中大美景寫作集》，頁32-34

　　　　　　　作者時為化材系二年級學生

走過百花川

黃啟峰

　　噠噠的腳步聲，這是一條時而匆忙，時而悠閒，卻專屬於中大人的時光隧道。

　　總是在夏天轟隆的一場午後大雨，一瞬間，整條百花川被洗滌的清幽而空靈，兩排含著清麗水珠的綠樹，伴隨著風的舞動而交揉飄落。人群中那一片藍色、綠色、紅色、紫色的傘擴散開來，連結成一氣，就像一條長龍在婉蜒的小道流竄，煞是好看。

　　平日的百花川，有著來來往往的身影穿梭，許多中大的學子背著書包或背包，就這樣從百花川的起點走到盡頭，過程中，幾乎很少人曾經回頭或者駐足聽聽那關於花與鳥的呢喃。路上的人們總是不斷的經過再經過，身影從陌生到熟悉，一批換過一批，不變的始終是這兩旁的綠樹以及那潺潺的流水，至於那些頂著百花川名號的小碎花，則是每年謝了又開，開了又謝，它們一向只對春天負責罷了！而綠樹卻時時記錄著整個雙連坡。

　　我有時喜歡站在太極草坪的綠地上，觀察那百花川移動的人群，每一個畫面都顯得鮮明而深刻，有牽著腳踏車與一旁的同學嘻

新民之道與中正圖書館。（梁俊輝攝）

笑的聲音，有彼此牽著手甜蜜的聊天的情侶，也有踩著腳踏車穿越人群的背影。在這條狹窄的自然小道，我們無法想像，每當中午下課後的鈴聲響起，竟也有著都市塞車的現象，只是這裏塞著的不是擁擠趕時間的汽車，而是正在聊著天的一波波人潮。這樣的景象在這座遠離城市而顯得恬靜的山坡，也算是難得熱鬧的景象。

我曾於夜半獨自散步在這條小道，有蟲鳴、有蛙叫，以及那被微風弄得窸窸窣窣的樹枝搖晃聲，我聽著那柔和的天籟，不覺往上望了望那樹影，才發現，它們正銜著斗大的月暈起舞著。在這同時，路旁又一個匆忙的身影越過我的肩膀，我極想拉住他的腳步，請他停留一分鐘，就純粹的領略這條似遠似長的道路，其沿途的自然風光。可能是兩年，可能是四年，也可能是五年，我們可曾算過自己總共踩在百花川的腳印幾乎是多到數不清的嗎？然而當我們總是匆匆的經過時，百花川似乎只是一條路過的道路，毫無意義；只是當時間沉澱了一切，我們發現那條細川，那簇碎花，那排綠樹，

其實從不曾在中大人的回憶中缺席，在每個青春的故事背後，我們隱然理解到百花川是那不可或缺的要角，原來它一直默默陪著我們走過了歲月。

　　數一數日子，不知不覺間我竟也在百花川留下近五年的足跡了。然而這五年來留下來的每一個畫面，每一種心情，都是我與百花川共同的祕密。看著它每一年送走一批過客，又迎接一群新人，但仍是同樣的綠意，同樣的天光，沒有一天懈怠過任何一個路人，而我又在多少的日子裏，沐浴在這猶如大自然的林道中。

　　直到現在，我仍然喜歡走在百花川上。對於這條小小的道路，我不知累積了多麼龐大到難以形容的細密感情。對我來說，它就像是一條時光隧道，既連結過去，也通往未來。

錄自《雙連坡上——中大美景寫作集》，頁37-39

作者時為中文系碩士班一年級學生

百花，穿

曾心民

「這位同學，妳知道，為什麼百花川會叫做百花川嗎？」

「應該是因為百花川旁邊有很多花吧，百花齊放，所以就叫百花川囉？」

「登登，其實是因為文院跟管院的女生上課的時候都會經過這條路喔。」

「原來如此啊⋯⋯」

那年夏天，陽光熾熱地讓人煩悶，走在兩旁松樹矗立的灰色水泥道路上，隨風而起的松濤聲，似乎緩和不了群蟬的騷動。原來，心裡的喧囂，是與蟬共唱的新生喜悅。這是我們的夏天，一個我們要用盡力氣歌唱的夏天。

那年，女孩大一。也成了百花中，千嬌百媚的一朵。在夏天的風昂揚地盛開，幻想偶像劇般的情節會發生在少女心的新生上。她捧著厚重的原文書，被一個騎著腳踏車戴著厚重眼鏡的憨厚理工男撞上。在一個慌亂的對不起之後，女孩就成為男孩眼中，開的最盛的一朵花。

百花川舊景（校史館提供）

當然這種情節只會在偶像劇裡頭出現。

雖然沒有被腳踏車男撞上，但是，在九月還熾熱的陽光下，女孩開滿的朵朵前世盼望，被男孩遇見了，在她最美麗的時刻。

男孩長的很高，但是沒有戴著想像中斯文理工男的厚眼鏡。男孩不笑時，黝黑的皮膚會讓他變得更加嚴肅。但只要男孩願意讓嘴角畫出一道弧線，瞇起的眼睛就會像冬陽一樣溫暖。

夜晚的時候，男孩都會待在志希館裡頭做研究。夜幕低垂時，女孩就會穿過百花川與男孩相見。短短的幾百公尺，隔著兩個戀人的心。在女孩期待見面的心情下顯得格外漫長。

夜晚的百花川與白天的很不相同。兩旁暗鵝黃的路燈，是女孩臉頰的顏色──堅定、溫暖、且踏實。洗去白天的喧囂與嘈雜的人群，松濤聲變得更加清晰。川裡的水流聲與女孩的心跳聲頻率一致，急促的跳動在安靜的夜晚下，隨風散落在一步又一步的灰色水泥磚上。每前進一步，女孩的心跳就跳得越急促。

「只要我們之間的距離只有十步遠，那我們的心會不會更靠近一點？」

一個又一個百花川夜晚，遺憾的是，即使女孩已在佛前求了五百年，在男孩與她必經的路旁，等待的熱情，終究落為一地凋零的花瓣。女孩仍然會走在夜晚的百花川。只是這一次，幾百公尺的

水泥路卻走不到盡頭。她希望川裡的水再流的更湍急一點、更嘈雜一點。這樣從鵝黃臉頰滑落的淚水，就不會被夜晚的冷漠聽見。

從這頭，穿到那頭。

女孩抱著厚重的英國文學，踩著淡藍色娃娃鞋急促地穿過腳踏車群與人群，趕在上課前一分鐘，到達綠牆斑駁的文學一館。

女孩藏著青春的心跳，踏著自己的砰然聲心急地穿過夜晚的水泥路，趕在時間流逝前，到達男孩的心。

從這頭，穿到那頭。女孩的淡藍色娃娃鞋變的灰黃，但腳步卻一步一步踏得更加緩慢、更加沉穩。

女孩那年不知道的是，青春的花會開，也有一天會落，

從這一頭，飄到那頭，

穿過春夏秋天，穿過黑夜白晝，穿過人生一個一個的出口。

然後在這裡，一年又一年，有更多的花接著盛開。

女孩們都是一朵女人花，期待陽光下慎重開滿的花，不會碎為她凋零的心。

錄自《百年中大校慶特刊》，頁363-364

作者時為英文系四年級學生

百花川的旋律

黃郁容

　　蓊鬱高聳的松樹和白千層佇立在步道兩側，形成的綠色隧道默默伴隨著一旁的百花川。這是中大學生每日上課必經之路，隨著季節更迭步道變換著不一樣的景色，陪伴我們度過每個學期。有趣的是，就像是四季的變化，不同的學習階段經過這條小道都帶給我不一樣的感觸……

　　第一次踏上百花川是放榜之後，正值酷暑盛夏，全家人一起來到我「未來的大學」參觀，當時的百花川沒有許多人走動，只有一些稚齡的孩童在玩樂奔跑和休閒陪伴的老人散步其間，濃密的枝枒遮蔽了大部分的豔陽，微風拂面，潺潺流水輕柔的和諧伴隨，竟拋開了酷暑的煩躁，讓我有一種真實釋壓的輕鬆感覺。

　　開學後，時序漸入初秋，難以想像在百花川旁竟會是一條充滿學生和腳踏車的擁擠道路，更無法想像自己從此上課的每一天都必須從這條道路來回奔波。剛成為大學新鮮人時，從百花川前去系館的路程上，我總是帶著一顆充滿好奇和新鮮感的心去體驗不同於過去上課方式的大學課程，更為自己可以天天沉浸在自己喜歡且擅長

中正圖書館與新民之道。（梁俊輝攝）

的領域而感到欣喜無比……

　　白千層的綠葉在寒冬中飄落，但冬季的百花川仍不蕭瑟寂寞，川旁的白火鶴盡責的妝點枯黃大地，禦寒的冬衣、冬帽，增添更多五彩繽紛的色彩。初春之際春雨綿綿，薄霧時起，猶如天女散花的松線蟲從天而降，傲人的松樹依然挺立，小松鼠的跳躍，告訴我們，大家都不斷的在忙和著呢！

　　逐漸熟悉大學生活後心境也漸有轉變，從新鮮人時期對每一堂課躍躍欲試、充滿好奇與期待到正式升格為學長姐，瞭解了大學的自由和上課制度，期中考不再是考前一個月開始勤念筆記，而是考前兩周再來挑燈夜戰；上課不再是保持良好的全勤紀錄而是「自動」替自己選擇是否上課；行事曆上的計畫開始趕不上活動或其他外務的變化；保持良好生理時鐘十二點前入睡的人也成了稀有動物；勇敢面對挑戰，有著不留傷疤不完美的豪氣。大學二年級雙修後導致課業繁重，不同於大學一年級時可以漫步到系館，而是無時無刻揹著厚重的書包騎著腳踏車在百花川與時間賽跑……

　　每一天當課程結束，無論是夕陽餘暉中，或黑夜星月下，我拖著疲乏的身子要回到宿舍前，總會駐足百花川片刻，沉澱一下疲累，百花川旁的大樹依舊昂然聳立、花叢花朵依稀低調質樸的綻放著，但是剛進大學時的生澀逐漸蛻變。我凝望著百花川映入我眼前的景色，有多少學生曾經和我一樣踏著這條道路學習且成長，景色依舊但是人事卻不斷地在改變。

　　泰戈爾說過：「人生猶如一本畫冊，內容如何端看個人如何描繪」，在百花川每天大家總是以或「急」或「趕」或「快」不一樣的步伐奔向各自的系所教室。在這裡我們不斷追尋知識的浩瀚、體驗生命的價值，瘋狂追逐精神的充實、潛力的激發。穿透綠蔭的遮蔽我看到這天這地真的太大太廣，給自己許一個承諾——「在中大不留白」。

錄自《百年中大校慶特刊》，頁364-365

作者時為財金系二年級學生

松蔭百花

林家文

　　在一排挺拔松樹的蔭影下，倚著青翠草原的木質步道筆直地向前延伸，並與寬闊的柏油道路緊夾著潺潺流淌的百花川。我細數悄然流逝的大學時光，數年光陰如滑過指縫間的流水，只餘下回憶的溫潤悠然，這條承載著我無數腳步的的松林步道，成為我的大學記憶中一道清晰深刻的註解。

　　進入中央大學就讀前，便聽聞「百花川」這個著名景點，甫一入耳，在腦海裡便延伸出一條百花簇擁的清澈流川。但踏上這百花川步道後，卻沒有想像中的繁花似錦，反倒是佇列小川旁的高挺松樹，其枝幹的俊瘦挺拔以及松葉的扶疏蒼綠，為這條步道增添幾分雅致古意。

　　此後才知曉「百花」之名的另一層涵義，因這裡通往文學院及管理學院，大多數的女學生都會經由此處前往學院，在川旁步道來來往往的女生，宛如恣意綻放的花朵，盡情展現屬於青春年少的歡快姿態。原來在不知不覺間，我也成了百花中的一朵。

　　我修習課程的地點大都位於文學院或綜教館，這條松蔭下的步

2021年中央大學中大十景——百花川。（秘書室提供）

道便成了上下課的必經之路，縱使在上課的繁忙腳步中，我的目光
仍不禁投向走道右側展闊的寬闊景色。

　　佇立於晴朗天空下的大榕樹，頂著柔暖明朗的陽光，下層陰影
處則蘊積著沉厚墨綠。這一樹茂盛而繁複的葉綠，與草原的廣闊翠

綠，漫溢成生意盎然的溫厚綠意。來此地踏青遊玩的遊客，或是來拍婚紗的新人，也都成為在這片綠意中躍動的鮮明色彩。

視線拉遠，便會望見矗立於台階上的巨大鋼柱，柱頂的金屬圓環隨風擺晃並搖曳著金燦日光。這件由藝術家松本薰精心打造，名為「蘊‧行」，其與風共舞的輕盈姿態，展現與天地萬物和諧共生的律動，讓路經此地的人也能感受大自然的韻律。

越過中正圖書館的外側長廊，眼前展開的又是一條被松蔭籠覆的步道。右邊與文學院相鄰的大草原上，則有朱銘大師的太極銅雕，作品雖由剛硬石材鑄造，線條卻格外內斂沉穩，自然地融入周遭的蓬勃綠意中。

騎著腳踏車穿過松林下的柏油路，細聽松風細語以及流水潺潺，看這些景色從眼前飛逝而過，就如快速撥放的電影畫面，於心底留下清晰鮮明的停格畫面。當與好友一同漫步於松林步道，在彼此交織的朗朗笑語間，這些景色又成為一幅幅色彩柔和明亮的風景畫，撫慰了因繁重課業而備感疲倦的身心。

時序流轉，季節遞嬗，百花川景物依舊，我即將離開中央大學，再度踏過步道上被蒼翠松葉剪得細碎的金暖日光，這裡的風景與空氣，都已內化成我大學時光的美好回憶。這條百花齊綻的松林步道，我想依然會承載莘莘學子的腳步及記憶，陪伴他們邁向未來人生的一段旅程。

錄自《百年中大校慶特刊》，頁377

作者時為中文系四年級學生

百花川的爛漫

張可昀

　　剛大學畢業的我，想與你們分享我最喜歡的百花川。從大一開始，上課總會經過百花川，百花川就能讓我忘卻早起的倦意，兩旁的大樹灑落整片樹蔭，太陽從隙縫中，溫柔撒入。四季轉圜展現百花川不同風貌，也伴著我經歷不同階段的成長。

　　記得與你的回憶也是由百花川開啟。入秋後，兩旁的樹木由綠轉紅，記得大三的修課與你相同，你總騎著腳踏車，著急著趕去管院，生怕太重影響騎車，總是打趣說明天換我載你吧！

　　入冬的百花川最期待那日陽光溫柔撒入，總能使冬天增添一點溫度；閒來無事的傍晚偶爾會與你在太陽消失之前，感受今日的夕陽，中大的傍晚很美，從不同角度能領略不同的夕陽景色，也能默默消除一日疲勞。

　　最終離開我生活的你，每每經過百花川總能想起許多畫面，在百花川的春夏秋冬，陪伴著我成長，我們也從彼此身上學習、蛻變，如果沒有這段經歷，我不會在大學期間就知道，如何冷靜沈著的面對挫折，能自行消化吸收而不是僅僅的宣洩無謂的情緒，我想

新民之道。（梁俊輝攝）

當以後有機會再回到中大，再走一次百花川到管院，或許景色會轉變，但依然保留當時的回憶。

百花川總有一種治癒感。我很喜歡百花川綿延不絕的感覺，有種面對未知雖然恐懼，但時不時會遇到許多驚喜。當面對壓力而無法排解時，坐在百花川兩側的椅子，聽聽喧囂的人聲，能使侷限的思維和狹隘的眼光稍稍展開，有時過多的糾結和無謂的害怕反而徒增不存在的困擾，在大學四年期間，也慢慢學習到，與其思索停滯不前，慢慢一步步往前，有踏實的作為，反而能收穫意外之喜。

準備研究所考試期間百花川也默默陪伴著我渡過。在散步中能藉由自我對話和思考縷縷混雜的思緒，有空的時候，高興的時候，難過的時候，問問自己內心最實誠的感受，現在踏實與否？是否正在往成為眼睛有閃光的道路前進，並期許自己不管在哪個領域都能很真實的喜歡自己做的事情，不用由這個世界的世俗價值定義成果與否。

回首百花川四年來伴著我的回憶，感覺有所成長，更期待未來的我繼續蛻變。

原載《中大校友通訊》49期

作者為企管系校友

走過百花川
川流不息的彼端

王立言

　　頂著九十一年的艷陽，臉上還有初出茅廬的楞氣，我來到國立中央大學，準備於此譜下自己的未央歌。校園內青松蒼勁、綠意盎然，漫步於此，可以聞到隨風飄散的桂花香氣、一探中大湖畔柳絮垂影的嫵媚、感受豔紅似火的木棉道等，不但飽滿了每個中大人的青春，更是在踏出校門後，成為遇見彼此時，共同的語言。

　　母校中有條橫貫校園，連接桃園大圳的引水渠道——百花川，而一旁百花川文學步道更是刻鏤著出身松濤之騷客所撰寫的雋永，增添更多人文氣息。關於百花川的命名有很多種說法，其中一說是因為上游的花瓣會隨水順這條渠道而下，再加上兩旁都種植花草，故以「百花」為名；另外一說是文、管兩學院的女生上課會經由這條路，就好像百花在爭奇鬥艷，亦如流水般川流不息。

　　我入學時念的是土木工程學系，因為想去數學那片叢林尋梨花白，因而轉進到位於百花川另一頭的鴻經館，在紅磚房內焚膏繼晷，透過旁人不易理解的數字和符號，似乎穿越了時間與空間的限制，與先賢們討論學問，尤其每當領悟到精妙見地、心領神會時，

文學步道與太極銅雕。（梁俊輝攝）

更宛如與之成為千古知音、靈犀互通，這是我第一次走過百花川的彼端。

在大學時期加入了鋼琴社，和社團的同學排時間練琴、舉辦音樂會，與黑白鍵再續前緣，而黑白鍵更替我繫緊了手指上的紅線，在百花川的彼端遇到了我的注定——在一次音樂會中我們牽手走進了「我的自由年代」，約定分享彼此的喜怒哀樂，自此常一同走過百花川去上課、在步道上分享生活瑣事，當然有時也會因為細故生氣，而分別往步道兩端走去，但在經過幾個寒暑的相處以後，決定從此一起數星星，笑看人生沿途風景。

走過紅毯的那一端後，我們選擇於距離中大不遠的市區落腳，而在女兒出生後，更常常帶孩子進入這片松林，來聽聽松濤的呼喚，無論是在中大湖餵魚、操場跑跳等，度過許多溫馨的親子時光。當牽著女兒稚嫩的小手走在百花川，一邊背著唐詩，一邊享受從樹葉縫隙溜進的陽光時，剎然明白人生最大的寶藏，原來當年在百花川上都已緊緊地握在手裡了，而這樣的幸福就像百花川的流水一般，川流不息。

原載《中大校友通訊》50期

作者為數學系、電機工程學系碩士班校友

百花川之夢

歐陽亮

　　那夜，我再度回到百花川旁，沿著舊步道，在濃密到近乎陰鬱的渠邊林蔭下，向著校園另一端的文學院前進。畢業將近三十年的我，又熱切地進入了這場甜美又嚮往的夢境。

　　對於當年讀工程的學生來說，在大一之後，百花川只有在需要去偏僻實驗室做奇怪的金屬實驗才會經過，有一次甚至得半夜摸黑穿越，還好這條擁有美麗名字的百花川，在當時並沒有像中大湖那樣擁有一些闇黑校園傳說。不過，由於我對文學院的音樂美術等通識課程很有興趣，每學期都會選修一兩門，德文更修習了兩年半，還旁聽過易經及俄文，所以百花川對我來說更是常走路徑。

　　在選修之餘，我也常到文學院圖書室查詢資料，因此，在校園中移動時，便產生兩款截然不同的心情：以走在百花川旁與走向工程館相比，雀躍與期待的程度更濃郁許多。

　　另外，百花川又是心儀的她上課必經之路。不過，即使盼來了，也沒有辦法把握住機會。因為感情還處於幼稚園階段的我，與大學學府的程度有著天壤之別。偶爾在百花川迎面遇到，在彼此錯

文學步道與新舊圖書館。（梁俊輝攝）

身而過的瞬間，也完全不懂應對，只能呆若木雞地打聲招呼。也曾反覆思考她饋贈那本小說裡提的「印記」意涵，卻只能模糊地理解。因此，這些錯過似乎讓我不斷在夢裡補償自己，回到百花川旁，在步道上疾行，心中依舊充滿當時對求知與偶遇的雙重期盼。

　　每每在午夜裡，從陪伴自己六年青春的百花川回到真實世界的清醒時分，總是有些失落。然而多年後，這些感覺卻漸漸轉變成慶幸不懂愛情的自己沒有傷害了她。不論這是可能發生的事或只是自我欺騙都已不再重要，因為不知道該如何開始的我，應該也不會知道要如何好好結束。

　　曾經有一次，真實的那一次，在濃濃書香的圖書室裡，我的專心妨礙了心動雷達的感應能力，直到她出現在我眼前不到一公尺。

　　「啊你在這裡找資料嗎？」（心頭一驚！）

　　「嗯。」故作鎮定狀。

　　為什麼？為什麼要假裝鎮定？為什麼不問問她也來找資料嗎、我可以幫妳找、待會有沒有空一起吃飯……這些我當下完全不知道要如何開口的問句。

　　流連在夢中百花川的我，彷彿永遠無盡頭地走著，那裡始終有個期待自己編織出的甜蜜邂逅的我。

　　如果，正在看這篇回憶的妳，剛好就是當時的她，請原諒我那次的不知所措，以及茫無頭緒該如何進一步地，走向妳。

原載《中大校友通訊》51期

作者為78級機械系、80級機械系碩士班校友

百花川語

陳筠欣

在紅霞黎明升起破曉之刻
你從綻放火紅木棉的凱旋門走來
行入筆直的泱泱大道
鵬動羽翅一飛而起
像翱天的蒼鷹鳥瞰這央草之地

我在天鵝嘎呀嘎的喧鬧中甦醒
隨著松風戀人的絮語嬉戲
守著千年靈魂的太極銅神
蹦跳的赤腹松鼠正啃著翅果
打滾的校園狗兒正曬著太陽
我的朋友 請隨我而行

百花川。（梁俊輝攝）

我在百歌花語中自然悠游
你在松韜書閣中吸取新知
每每小時重複百年的鐘聲敲起
莘莘學子踢踏著木棧追趕光陰
與我一同望前方川流不息
我的朋友 將隨我而去

在夜幕流星劃過天分之時
你從綴滿燈火的熙攘廣場走來
行入紛鬧的夜宵街衢
奏鳴樂曲穿雲而裂
如深夜的精靈歌頌著寧靜之夜

你將在石上鐫刻我的歷史
然而我已化作千百河龍在此長眠
從祖母綠的湖中尋求吧
那永生不息的中央家園

本詩為第一屆「百花川詩獎」第一名得獎作品

作者為大氣系學生

乞巧百花戀

彭意儒

風說這裡是　人間的銀河月
耳語交織成情話綿綿
燎原的戀　在瞳裡跳閃著生暉

點落在不動川上的圈圈漣漪
是青澀　在水面
跳躍
潺潺流水見證脈脈約定
大鐘一落
喜鵲四散

百花川。（梁俊輝攝）

指尖對舉　佇立河川兩岸
牛郎與織女阿
相映的心
點亮　點亮　點亮
星子滅　蟬聲絕
涓涓細流交綻著百花冠冕

本詩為第一屆「百花川詩獎」第二名得獎作品
作者為中文系學生

| 編後記 |

李瑞騰

　　1991年，我來到中壢的中央大學，三年後學校籌備八十周年校慶，找我編特刊。我籌組編輯室，提計畫、訓練學生，以七、八個月的時間，編成一本五百多頁的《中大八十年》，順利在1995年6月校慶前夕出版。

　　我從大學時代起進出各種編輯現場，深知要做好編輯工作，必須對於主題相關背景——包含歷史和現實，有清楚的掌握，這和學術研究沒什麼兩樣。我因之而了解三江二江以降大陸時期中大之變遷，認識從在苗栗復校到北遷中壢的校園環境及其風景。就在那樣的情況下，我幾次沿百花川踏查，流覽其兩岸景色，也關注學生來去的速度和他們青春的容顏。

　　我知道，它原是一條灌溉用的溝渠。忘了已有多少個時日了，找到它進到校園的入口之後，我興起往外探查的意念，乃從宵夜街口而出，沿渠往上游走去，在民族路、陸光路、中央路交會附近的微彎處，看到它的源頭，原來啊，百花川竟是從過嶺支渠一個小閘門汩汩流出的渠水，它有一個鄉土味濃郁的名字：內壢子分渠。

　　從石門水庫—石門大圳—過嶺支渠—內壢子分渠—百花川，這是什麼樣的一條水路？平日裡，我們驅車從中正路轉中大路，從民族路轉中央路，或從邊門到北村，或步行進出宵夜街，在諸路之間，逾半世紀，我們用愛營造了一個宜居宜學的生活空間。但有那

麼一條水路，千迴百轉，連結大桃園，我於是確定了百花川探源之必要。

多年以後，我參與了百花川的人文建設：先是東岸美稱「百花川松林步道」的木棧道之落成。當天，輕風拂面，松影晃動，鑼鼓聲中我見證了一個人文景觀的形成。接著，因木棧道迭有損壞，啟動重建工程，我應吳瑞賢總務長之邀，與聞其事，建議導入文學，乃精選十位中大校友各具啟發性的文學佳句，以大理石銘刻，一條理性和感性兼具的文學步道於焉誕生。

2019年9月，在林沛練學務長的支持下，學務處高潤清專員策畫並執行了「百花川文學步道詩歌朗誦會」，以「詩藝響起，松濤傳頌」為名，邀請近20位詩人來校共襄盛舉，頗有為文學步道竣工慶賀之意，也為即將創辦的百花川詩獎先行暖身，主舞臺就設在步道北段中央的原木平臺上，前面即朱銘太極銅雕草坪，再過去即文學院。在那樣的場景高聲朗讀詩歌，自有一種呼喚天地的豪情。

2020年6月，首屆百花川詩獎的贈獎典禮也在這裡舉行。獎以百花川為名，寫的當不只是百花，而是美麗校園的萬種風情。其實，這時候我們的百花川計畫也已經展開：在校園人文深耕的行動中，為百花川出版一本專書，始終是我們念茲在茲的願望。然而，那樣的一本書，應該長成一個什麼樣子？我曾有過不同的想像，但

隨著相關資料不斷地閱讀，我對百花川的認識一直在加深加廣當中，書的圖像也逐漸清晰，約莫去年年初，我們公開徵求寫作者，那封信有一段前言：

> 2021年，我們想敘說關於百花川的故事，完成一本圖文並貌的人文中大叢書。從「溯源」開始，然後在百花川的兩岸尋訪人文蹤跡，景觀與歷史雙寫，儲存中大人共有百花記憶。

我期待有一篇溯源，一篇概覽，然後寫左右兩路，再擴大寫分段流域之人文景致。也許徵才函透顯的訊息有其難度，效果並不理想，但來了一位數學系研究生，讓我喜出望外，也讓我改變思路，決定特定對象邀請撰稿，我於是邀請了李欣倫、康珮二位老師，以及先前協助《小行星的故事》、《銘刻與記憶》撰稿的博士生郭惠珍、羅健祐、碩士生林佳樺，以及來應徵的林育萱，編輯會議上另邀歷史所李力庸老師、水文所錢樺老師和土木系鐘志忠老師參與討論，溯源的部份很需要力庸老師的幫忙，她另找了歷史所碩士生王豫邦來參與。

再加上人文研究中心的專員鄧曉婷、助理梁俊輝，這就是我們整個的編寫團隊。大體來說，在第二次開編寫會議的時候，我提出的寫作規劃，已非常接近現在的輪廓，當然在稿件的處理和配圖上，我們相當用力用心，前後歷經大約二年，終於完成了這本圖文雙美的人文書，是人文藝術中心成立的第一張成績單，謹作為中大在臺復校一甲子的獻禮。

附：《百花川的故事》寫作規劃（2021年3月17日）

序

一、溯源：（5000-7000字）

　　石門水庫

　　石門大圳—過嶺支渠—內厝子分渠

　　桃園大圳

　　灌溉、水利到埤塘；閩客移民史

二、百花川概覽：（5000字）

　　百花川從校外進入中大校園一直到中大湖、健雄館流出校外的描述、寫景，簡單帶出流經的校園建物，分成三個區塊，前段：宿舍生活區、荷花池等；中段：土木、電機、圖書館等在環校道路內建物；尾段：小木屋、志希館、健雄館、中大湖等。

三、左右兩路：（10000字）

　　新民之道（腳踏車道）

　　文學步道（百花川松林步道）：從前的木棧道到現今的文學步道

四、百花川流域一：（10000字）

　　中大新村（教職員宿舍）、中大幼兒園、女十四舍、女一一五舍、男三舍

　　宵夜街、志道樓（據德樓、依仁堂、游藝館順帶提）

　　國際學舍

五、百花川流域二：（10000字）

　　草坪一（國泰樹）、地科院

　　中正圖書館、公共藝術（蘊行）、草坪二（朱銘太極銅雕）

　　行政大樓、教研大樓（羅家倫講堂）

六、百花川流域三：（10000字）

　　秉文堂、志希館、國鼎圖書資料館、鴻經館、健雄館（以上可連結校史）

編後記

國家圖書館出版品預行編目(CIP)資料

百花川的故事 / 王豫邦, 李力庸, 李欣倫, 林育萱, 林佳
樺, 郭惠珍, 康珮, 羅健祐文稿撰寫 ; 李瑞騰主編. --
桃園市 : 國立中央大學, 2022.05
面 ; 公分. -- (人文中大書系 ; 6)
ISBN 978-626-95497-8-8 (平裝)

1.CST: 國立中央大學 2.CST: 文集

525.833/109   111007202

人文中大書系 ⑥
《百花川的故事》

發行人／　周景揚
出版者／　國立中央大學
編印／　　人文藝術中心
地址／　　桃園市中壢區中大路300號
電話／　　03-4227151 #33080

主編／　　李瑞騰
執行編輯／梁俊輝・鄧曉婷
文稿撰寫／王豫邦・李力庸・李欣倫・林育萱
　　　　　林佳樺・郭惠珍・康　珮・羅健祐
　　　　　（按姓氏筆畫排序）

設計／　　不倒翁視覺創意 ononstudio@gmail.com
印刷／　　松霖彩色印刷事業有限公司

出版日期／2022年5月
定　　價／新台幣320元整
ISBN／　　978-626-95497-8-8
GPN／　　1011100632